Eine Silbe
Ein Fall für Luise König

Eine satirische Geschichte aus einer anderen Welt, die
natürlich rein gar nichts mit Unserer gemeinsam hat ;-)

Von Christian Schwochert

AF197878

Impressum:

©2024 Christian Schwochert

ISBN Softcover: 978-3-384-13017-4

Druck und Distribution im Auftrag des Autors:
tredition GmbH, Halenreie 40-44, 22359 Hamburg,
Germany

Kapitel 1: Ein Ausflug – Was soll da schon Schlimmes passieren?

Oberkommissar Schubert schlief tief und fest. Seit er nicht mehr zur Arbeit ging sondern sich ständig krank meldete, hatte er wieder einen guten Schlaf. Doch sein Mittagsschlaf wurde unsanft gestört, als das Telefon klingelte. Es war sein Vorgesetzter. Ohne sich lange mit einer Begrüßung aufzuhalten, verkündete dieser: „Schubert, wir brauchen Sie! Sie müssen mit im Fall des 'Silbenkillers' ermitteln. Sie wissen schon, dieser Irre der an jedem Tatort eine Silbe zurück lässt und das jedes Mal mit Lippenstift auf der Stirn des Opfers. Wir sind uns ziemlich sicher, dass es sich um einen rechtsradikalen Täter handelt. Das 'A' vom ersten Tatort steht bestimmt für 'Adolf', das 'E' am zweiten gewiss für 'Eva', das 'I' am dritten für 'Imperium', das 'O' von Tatort Nummer vier für 'Ostfront' und das 'U' für 'Untermenschen'. Also muss der Täter ein Nazi gewesen sein, zumal alle Opfer Ausländer waren."

Schubert täuschte ein Husten in das Telefon vor und erklärte: „Zwei der Opfer waren meines Wissens Ausländer, die drei Übrigen waren Deutsche und deren Eltern sind soweit ich weiß ebenfalls Deutsche. Den Akten zufolge gingen alle fünf Opfer auf dieselbe Universität; warum ermitteln Sie nicht mal in diese Richtung?"

„Mag sein das drei der Opfer streng genommen Biodeutsche waren, aber identifiziert haben sie sich als Migranten und alle fünf waren sehr engagiert an der Uni! Deswegen muss der Täter ein Rechtsradikaler gewesen sein; immerhin standen alle fünf wacker im 'Kampf gegen

Rechts'! Schubert, Sie müssen den Täter finden!"

„Geht nicht, ich bin krank! Denken Sie mal daran was versicherungstechnisch los wäre, wenn ich mit meiner starken Erkältung zur Arbeit komme und Kollegen anstecke! Was Sie und ich dann für Probleme am Hals haben", redete sich Schubert heraus.

„Dann ermitteln Sie halt von zu Hause aus."

„Internet funktioniert nicht", log Schubert wie aus der Pistole geschossen.

„Und wenn Ihnen ein Kollege die Akten vorbei bringt?"

„Zu riskant. Was wenn den Akten dabei etwa zustößt? Wir hätten mächtig Probleme. Es sind ja auch schon etliche Akten über Mafiaclans aus unseren Büros verschwunden."

„Schubert, Sie konnten schon den 'Screamsaw'-Killer nicht finden. Wollen Sie mich etwa schon wieder enttäuschen?"

„Erinnern Sie sich an den Großbrand in Neukölln? Ich gehe davon aus, dass der Killer dabei draufgegangen ist. Hatte ich Ihnen auch per Mail geschrieben, als Sie gerade wieder unterwegs waren um Sponge Bob anzubeten."

„Ja, der mächtige Sponge Bob. Möchten Sie nicht auch langsam mal zu 'Spongebobologiy' konvertieren?", fragte der Polizeichef.

Schubert nahm ein Bonbonpapier und knisterte damit nahe am Telefon. „Die Verbindung wird ganz schlecht. Ich ... Schluss ..."

Dann legte Schubert auf, zog bei seinem altmodischen Schnurtelefon den Stecker und legte sich wieder hin.

„Abends gehe ich in eine nette Kneipe", murmelte er noch an sich selbst gewandt.

Der beste Polizist von Berlin würde also nicht gegen den „Silbenkiller" vorgehen.

*

Die braunhaarige Luise König saß gelangweilt in der Küche ihrer Wohnung in der Leuthener Straße 5, zweite Etage. Ihre beste Freundin Honor Blood war mal wieder gefeuert worden. Honor hatte einen Job bei irgendwelchen Pseudowohltätigkeitsidioten angenommen und dort meinte einer „Vielfalt ist unsere Stärke". Daraufhin hatte Honor ihn zum Armdrücken herausgefordert und ihm dabei den Arm gebrochen. Er heulte herum und drohte damit ihn zu verklagen. Also hatte sie ihm den gebrochenen Arm abgerissen und ihn damit totgeschlagen.

Nun hielt es Honor für angemessen ein wenig Urlaub in Rumänien zu machen und sich eine kleine Weile nicht in Deutschland sehen zu lassen. Luise wollte jedoch ihren festen Job im Krankenhaus nicht riskieren und hatte daher beschlossen Honor nicht ins Land von Graf Dracula zu begleiten. Honor versprach ihr jedoch ein paar schöne Fotos von Hermannstadt zu machen und ihr generell etwas Netten von den Siebenbürger Sachsen mitzubringen.

Luise freute sich darauf, aber nun saß sie nach Feierabend unbeschäftigt in der Küche herum und grübelte über Gott und die Welt nach. „Was soll ich nur machen? Im Fernsehen läuft nur Scheiße und auf's Lesen habe ich irgendwie auch keinen Bock. Und dann steht bald auch noch das Wochenende bevor. Oh Mann. Ich wäre froh über irgendeinen Rat", murmelte sie im Selbstgespräch.

Da fiel ihr etwas ein. Sie stand auf, ging ins Badezimmer, stellte sich vor den Spiegel und sagte: „Bernd. Bernd. Bernd."

Dann sah sie sich um und meinte: „Schade, ich hatte gehofft, der Höcke taucht auf und gibt mir einen guten Rat."

Kopfschüttelnd verließ Luise König das Badezimmer wieder. „Na schön. Schaue ich eben im Internet nach was man so machen kann."

Sie ging ins Wohnzimmer, klappte den Laptop auf und forschte nach. Etwa eine Stunde später stieß sie auf einer Uniwebseite auf eine Anzeige. Eine Studentengruppe suchte noch Teilnehmer für einen Wochenendausflug. Einen Teil des Geldes bezahlte die Universität, weil die Gruppe im Gegenzug für zwei Stunden am Samstag an einem Seminar teilnahm. Der Rest der Kosten wurde unter den Teilnehmern aufgeteilt. „Hm. Zwanzig Leute nehmen schon teil. Und die Restkosten betragen 1.000 Euro. Alles klar; 1.000 Euro geteilt durch zwanzig sind 50 Euro und wenn ich teilnehme wird es sogar noch etwas weniger. Ich denke, ich melde mich an. Oh... da steht man muss Student an der Uni sein ... hm..."

Luise schaute sich kurz die Webseite der Uni an. Dann log sie bei der Anmeldung einfach und behauptete sie sei im Fach „Parallelweltenforschung" angemeldet. „Das überprüfen die sowieso nicht und bei der Anmeldung nenne ich mich einfach 'Jade Westen'; klingt etwas ausländisch und wenn mich jemand fragt sage ich, ich verstünde kaum deutsch und stamme aus der Republik Taured", schätzte Luise.

Zehn Minuten nach ihrer Anmeldung kam die Bestätigungsmail und Luise war dabei.

*

Freitag Nachmittag begab sich Luise König gleich nach Feierabend zur Universität, wo ein Reisebus bereits auf die Studenten wartete. Am Bus überprüfte ein übereifriger Blockwart jedoch die Studentenausweise. Als Luise an der Reihe war stellte sie sich als Jade Westen vor und kramte nach ihrem Ausweis. Dann wanderte ihr Blick zur Seite zum Unieingang und sie zeigte entsetzt auf einen der hineingehenden Studenten. „Oh mein Gott. Der Typ da drüben ist ein Nazi. Ich habe ihn mal auf einer rechten Demo gesehen gegen die ich demonstriert habe."

„Den schnapp ich mir!", rief der Blockwart, ließ sein Klemmbrett mit der Namensliste fallen und rannte dem Studenten hinterher.

Luise hob das Brett auf und machte hinter ihren Namen einen Haken. Dann gab sie das Brett einfach einer in der Nähe stehenden Studentin und meinte: „Kontrollier du weiter."

Die junge Frau tat das auch. Währenddessen schlug der Blockwart den Studenten im Unigebäude zusammen. Eine Minute später kam er wieder. „Wo warst du denn Sven?", fragte die Studentin mit dem Brett.

„Einen Nazi verprügeln. Der Typ hatte doch tatsächlich die Flagge der Ukraine aufgenäht. Was für ein Scheißkerl; alle Nationalstaaten gehören abgeschafft. No Border. No Nation. Der soll mal abwarten; wenn wir seine geliebte Ukraine erstmal in der EU haben; dann volken wir die genau so um wie Deutschland und Frankreich."

„Der Nazi hat offenbar schlechtes Wetter mitgebracht. Es fängt gleich an zu regnen. Lass uns die Kontrolle hier abbrechen und alle reinwinken. Ich sehe hier sowieso nur bekannte Gesichter", meinte die Studentin und blickte sich dabei um, wer so alles beim Bus stand.

„Okay. Alle rein!", brüllte Sven und winkte mit der linken Hand die Leute in den Bus zu kommen.

Ein paar Minuten später fuhr der Bus los.

*

Luise hatte sich einen Fensterplatz geschnappt und ihren Rucksack unter den Sitz gelegt. Während der Bus gerade los fuhr, nahm eine junge Frau neben ihr Platz. Die schwarzhaarige Studentin begrüßte sie und sagte dabei: „Hi, ich bin Emma."

„Jade", antwortete Luise, wobei sie beinahe ihren richtigen Vornamen gesagt hätte.

„Schön hier auch ein neues Gesicht zu sehen. Die meisten Leute hier kennen einander. Welches Fach an der Uni besuchst du denn?", fragte Emma.

„Parallelweltwissenschaft", antwortete Luise.

Dann fiel ihr ein, dass das Fach eigentlich anders hieß.

„Klingt spannend. Und was macht Ihr da so?", lautete Emmas nächste Frage.

„Das letzte Mal nicht viel. Ist ausgefallen, weil der Professor krank war", redete sich Luise raus und feuerte sofort ihre Gegenfrage ab: „Und was studierst du so?"

„Erziehungswissenschaften. Ich möchte später mal Kindergärtnerin werden", entgegnete Emma.

„Wie schön. Warst du schon sehr oft auf solchen Ausflügen?", fragte Luise, damit Emma sie nichts mehr fragen konnte über all die Dinge von denen sie nichts verstand.

„Nö. Hab mich eigentlich nur eingeschrieben, weil so viele Freunde und Bekannte von mir mit dabei sind."

Da stand weiter vorne Sven auf und verkündete: „Leute! Alles herhören! Ihr wisst, unser Ausflug führt uns nach Drachenfelshausen. Eine kleine Stadt in einer eher ländlichen Gegend, wo viel AfD gewählt wird."

„Buh!", riefen daraufhin einige.

Luise und Emma sagten jedoch nichts dazu. „Ja, aber das soll uns nicht davon abhalten dort Spaß zu haben. Außerdem ist die örtliche Herberge fest in unserer Hand und durch unsere Fahrt da hin unterstützen wir unsere Genossinnen."

„Ja!", riefen daraufhin einige und manche hoben die linke Faust.

Zum Glück habe ich nicht im Voraus bezahlt und mich unter falschem Namen angemeldet. Von mir kriegen die kein Geld, beschloss Luise in Gedanken.

„Gut! Auf jeden Fall werden wir dort am Wochenede viel Spaß haben. Wir hören uns einen Vortrag der autonomen Antifa an, wir besprechen was für mehrgeschlechtliche Menschen getan werden kann, wir halten Podiumsdiskussionen über den Kampf gegen rechts ab und wir gedenken natürlich auch der fünf Studierenden die vor Kurzem vom 'Silbenkiller' ermordet wurden. Wir haben also ein weitreichendes Programm", verkündete Sven.

„Klasse, aber wie sollen dafür zwei Stunden ausreichen?", fragte eine Studentin.

„Du bist offenbar das erste Mal dabei. Die Vorträge und Seminare dauern nicht zwei, sondern zwanzig Stunden. Zehn an jedem Tag. Natürlich gibt es auch Pausen für's

9

Essen gehen und so weiter", antwortete Sven.

„Aber auf der Webseite stand etwas von zwei Stunden", wandte die Studentin ein.

„Dann war das wohl ein Schreibfehler. Oder vielleicht auch mehrere Schreibfehler. Kann passieren", meinte Sven.

Scheiße, dachte Luise und schaute aus dem Fenster, wo gerade ein Schild zu sehen war, auf dem stand: „Sie verlassen jetzt Berlin".

*

Ein paar Stunden später erreichten sie Drachenfelshausen. Luise überlegte bereits, ob sie einfach abhauen und sich durch den Wald ins nahegelegene Dankenfelshausen durchschlagen sollte, denn dort wohnten zwei Freundinnen von ihr. Die eine hatte inzwischen sogar zwei Wohnungen; eine in Dankenfelshausen, die andere in Drachenfelshausen. *Vielleicht gehe ich lieber gleich zu ihr*, überlegte Luise.

Aber der Bus fuhr durch Drachenfelshausen hindurch und mehrere Kilometer in den Wald hinein. Dort, relativ abgelegen aber wohl auf der Landkarte immer noch zu Drachenfelshausen gehörend, stand ein zweistöckiges Gebäude. Zu DDR-Zeiten hatte man in Berlin beispielsweise Prachtstraßen wie die Stalinallee gebaut. Hier hatte das SED-Regime dafür offenbar ordentlich Kohle gespart, nur um sich dann doch noch Geld von Franz-Josef Strauß zu leihen. Das Bauwerk war potthässlich. Aus einem Fenster hing eine Antifafahne.

Luise wurde beinahe schlecht, aber sie hielt sich zurück. Um diesen Dreck nicht sehen zu müssen schaute sie Emma an. Diese schien von dem Anblick auch nicht gerade begeistert zu sein. Sven hingegen jubelte: „Wir sind da! Kommt! Alles aussteigen!"

Dabei hatte der Bus noch gar nicht gehalten. Als er dann hielt, stürmten einige begeistert hinaus und freuten sich am Ziel zu sein. *Die würden sich auch darauf freuen auf offener Straße Hundescheiße zu essen, wenn ihnen die öffentlich-rechtlichen Medien vorher gepredigt hätten, dass diese lecker schmeckt*, dachte Luise angeekelt.

Emma schaute der Gruppe auch unerfreut hinterher und fragte an Luise gewandt: „Jade?"

Luise reagierte erst nicht. „Jade?", fragte Emma ein zweites Mal und tippte dabei Luise an.

„Hm? Ja?"

„Teilen wir uns ein Zimmer? Soweit ich weiß gibt es hier nur Zweibettzimmer."

„Klar. Warst du schon mal hier?"

„Ja, einmal. Letztes Jahr. Da waren es aber noch keine zwanzig Stunden Seminar", entgegnete Emma.

„Diese zwanzig Stunden sind aber mehr als nötig", meldete sich Sven gegenüber Emma und Luise zu Wort. Nachdem ihn die beiden anschauten, fuhr er fort: „Immerhin ist die AfD so stark wie nie zuvor. Zwar gehen Hunderttausende gegen sie auf die Straße und es wurd eine millionenfach unterzeichnete Petition gegen Höcke gestartet, aber wir müssen uns trotzdem reinhängen im antifaschistischen Kampf."

So wie Hitler, als er noch in der Münchener Räterepublik als Linker aktiv war, dachte Luise.

„Aber es ist schon schön zu sehen wie Millionen gegen

Björn Höcke unterzeichnet haben", schwärmte Sven.

Habe mir die Petition angesehen. Jeder der eine Mailadresse hat kann einmal unterschreiben. Jeder der zehn Mailadressen hat kann zehnmal unterzeichnen. Einer hat sogar als 'Josef Stalin' unterzeichnet und das dann im Netz verbreitet und gemeint das alles sei soll 'Toll! Wie damals in meiner Sowjetunion!', erinnerte sich Luise.

„Ich bin zuversichtlich! Dies wird das Jahr in dem wir die AfD zu Fall bringen. Die Vielfalt wird siegen. Und sobald wir die AfD los sind und die totale Macht haben, hängen wir die FDPler und die Unionspolitiker neben die AfDler an die Laternenmasten", meinte Sven.

„Aber helfen diese beiden Parteien denn nicht mit beim Kampf gegen die AfD?", fragte Emma.

„Doch nur aus Karrieregeilheit und Oppoturnismus. Für mich sind das beides genauso faschistische Parteien wie die AfD und so werden wir sie, wenn wir die totale Kontrolle haben, auch behandeln. Mit Nazis redet man nicht, Nazis muss man töten. Wurde auch auf einer der Demos ganz klar auf Plakaten gezeigt. Es werden Leute wie ich sein, die all die hunderttausend Demonstranten unter einer Fahne vereinen und gemeinsam werden wir hier eine neue Gesellschaft aufbauen und neue, bessere Menschen formen."

Der spinnt, dachte Luise und auch Emmas Blick sprach Bände.

„Und bald werden wir ein buntes Utopia errichten, in dem alle Menschen gleich sind. Natürlich werde ich eine wichtige Führungsrolle übernehmen. Ich werde wie ein neuer Ernst Thälmann sein; ich werde die rote Fahne und die Regenbogenfahne zum Sieg führen. Wir werden kämpfen, bis sie über Washington, Moskau, Peking, Tokyo und Sidney weht. Wir werden Deutschland in Buntland umbenennen und von hier aus eine neue Welt erschaffen."

Ernst Thälmann würde heute wahrscheinlich eher die russlandfreundliche AfD wählen und Hanseln wie dir eins in die Fresse geben, vermutete Luise.

„Bald wird es nur noch eine Welt geben. Eine bunte, vielfältige Welt. Eine Welt ohne Rassen, ohne Klassen, ohne Religionen, ohne Völker, ohne Kulturen. Weltsprache wird Englisch sein. Wir werden alle gleich sein."

Wenn wir alle gleich sind, wie kann die Welt dann vielfältig sein?, fragte sich Luise.

„In unserem Utopia wird es keine Gewalt mehr geben. Niemand wird mehr ausgebeutet. Alle werden gleich sein und wer nicht mitmacht, den richten wir hin oder stecken ihn in ein Umerziehungslager."

Hört der sich eigentlich beim reden selbst zu? Er sagt, er sei gegen Gewalt und will jeden hinrichten oder ins Lager stecken der nicht mitmacht. Und wer hat vorhin jemanden verprügelt, nur weil eine ihm unbekannte Frau behauptet hat es sei ein Nazi? Gut, diese verlogene Frau war ich, aber trotzdem; der ist noch viel verlogener als ich es je sein könnte und ich bin hier unter falschem Namen.

„Im neuen Utopia wird es keinen Hunger und keine Kriege mehr geben. Und Klimagerechtigkeit für alle. Deswegen muss jeder eine Steuer auf das böse CO_2 zahlen. Selbstverständlich wird bei uns besonders auf den Tierschutz geachtet. Wir werden alle Reichen enteignen. Alle Menschen, egal welcher Herkunft werden das Wahlrecht erhalten. Selbstverständlich werden nur antifaschistische Parteien zur Wahl zugelassen. Die Reichen werden natürlich nicht mehr in der Lage sein die

Parteien zu beeinflussen; mit einer Kugel im Kopf ist das ohnehin schwierig. Sie abzuknallen wurde ja vor Kurzem auf einem bestimmten Parteitag thematisiert, aber leider nicht näher erläutert. Eine Kugel in den Kopf bekommen auch Millionen Kühe, denn sie produzieren viel zu viel Treibhausgase. Das gendergerechte Reden wird Pflicht für alle, wobei es bei der Weltsprache englisch ja bei manchen Worten nicht mehr nötig sein wird zu gendern. Kurz gesagt: Wir haben große Pläne mit dieser Welt und nicht zuletzt darum wird es die nächsten zwei Tage gehen. Zehn Stunden am Tag. Vielleicht müssen wir hier und da sogar ein wenig überziehen, denn das alles ist so wichtig und muss detailgetreu ausdiskutiert werden", meinte Sven. *Warum? Ihr Linken seit doch eh alle von der US-Hochfinanz gekauft und denkt nur noch ihr wärt unabhängig. Die Reichen erschießen? Klar, die Reichen in Deutschland vielleicht, aber ganz sicher nicht die aus der Wall Street, die euch Kohle in den Arsch pumpen*, dachte Luise.

„Aber gut. Wir haben viel vor, also sucht euch ein schönes Zimmer und dann geht es bald los!", verkündete Sven. Emma und Luise machten sich auf den Weg ins Gebäude.

*

Nachdem Luise ausgepackt hatte, ging sie erstmal unter die Dusche. Immerhin war das Wasser angenehm warm. Als Luise fertig geduscht hatte, kam Emma gerade wieder ins Zimmer zurück und verkündete: „Sie sammeln die Handys ein."

14

„Warum denn das?", fragte Luise.

„Sie meinen, die Telefone würden die Konzentration stören. Ich habe meins schon abgegeben."

„Okay. Mir fällt gerade ein, dass ich meins gar nicht mitgenommen habe. Wollte dieses Wochenende meine Ruhe haben", entgegnete Luise.

Na ja, gut. Auf alle Fälle ist es schon dunkel draußen. Wir sollten bald in den Versammlungsraum gehen, zu Abend essen und dann schlafen gehen. Morgen erwartet uns viel Arbeit", gab Emma zu bedenken.

Arbeit. Toll. Noch dazu Unbezahlte, dachte Luise genervt.

Zum Abendessen gab es grauen Schleimbrei. Bevor es jedoch ans Futtern ging, standen alle auf. Luise tat es ihnen erstmal gleich. Dann wurde die „Kommunistische Internationale" abgespielt. Hätte ihr das Essen nicht schon den Appetit verdorben, wäre Luise spätestens jetzt der Hunger vergangen. *Zum Glück habe ich heute morgen zu Hause ausgiebig gefrühstückt*, dachte die braunhaarige Frau und nahm nach der roten Propagandahymne ihren Teller voll Schleim und stellte ihn unauffällig beiseite. Sie ging also ohne Essen, aber nicht mit leerem Magen ins Bett. Emma gesellte sich einige Zeit später zu ihr ins Zimmer und legte sich schlafen. Weil sie davon ausging das Luise bereits pennte, sagte sie nicht gute Nacht.

*

Am nächsten Morgen wurden die jungen Leute Zimmer für Zimmer von Svens Kollegin Raudia geweckt. Raudia ging mit dem Klemmbrett von Zimmer zu Zimmer und hackte alle ab, die anwesend waren. Sie verkündete dass das Frühstück bereits auf den Tischen stand und das gleich nach dem Essen das erste Seminar begann. Auch das Frühstück entsprach nicht Luises Ernährungsgewohnheiten. *Wenn man wenigstens ein bisschen Schweineblut drauftun könnte*, überlegte sie angesichts des veganen Futters.

Veganes Essen konnte durchaus gut schmecken; wenn es denn richtig zubereitet wurde. Besonders im asiatischen Raum gab es einige Leute, die diesbezüglich hervorragende Rezepte praktisch umsetzen konnten. Die westliche Linke bekam jedoch nicht einmal das hin. Luise stand auf und verdrückte sich auf's Klo bis das Horrorfrühstück vorbei war. Recht schnell wurden die Kabinen rechts und links besetzt und waren von Kotzgeräuschen erfüllt. Diese Geräuschkulisse bewog Luise dazu, die WC-Räumlichkeiten wieder zu verlassen. Sie ging ein paar Minuten an die frische Luft und bewunderte den Wald. „Wenigstens die Natur hier ist schön. Was gibt es Schöneres als einen deutschen Wald?", fragte Luise sich selbst.

„Lass das bloß den Sven und die Raudia nicht hören; die könnten dir das als rechten Kommentar auslegen", meinte Emma plötzlich hinter ihr.

Luise drehte sich um und fragte: „Du hier? Hat dir das Essen auch nicht geschmeckt?"

„Es war wirklich nicht sonderlich gut. Und ich hatte auch nicht gedacht, dass wir zwanzig statt zwei Stunden Seminare und so weiter bekommen. Das Studium ist echt anstrengend; ich wollte mich erholen und was Schönes erleben. Mich entspannen. Stattdessen ackern wir das Wochenende durch und müssen auch noch dafür bezahlen", klagte Emma.

Ich nicht, meinem falschen Namen sei Dank, dachte Luise und war wenigstens in dieser Hinsicht zufrieden.

„Vielleicht sollten wir einfach abhauen. Uns durch den Wald durchschlagen und die nächsten Tage in der Stadt verbringen. Selbst ein billiges Hotel kann kaum schlechter sein als das hier", schlug Luise vor.

„Gar keine üble Idee, aber ich habe nur 50,00 Euro dabei", entgegnete Emma.

„Hm ... wir könnten ..."

Weiter kam Luise alias Jade nicht, denn da kam Raudia zu ihnen nach draußen und verkündete: „Jade, Emma. Kommt rein. Das erste Seminar geht gleich los."

Wenig begeistert folgten ihr „Jade" und Emma. *Wenn die mich weiter so nervt, reiße ich ihr das Herz heraus und serviere es Honor, sobald sie aus Rumänien zurück ist*, überlegte Luise.

*

Drinnen im Versammlungsraum nahmen Emma und Luise Platz. „Alles klar. Dann sind ja fast alle da. Wir warten noch kurz auf Sven und dann kann er gleich den ersten Themenbereich eröffnen", rief Raudia in den Raum.

Also warteten sie auf Sven.

Sie warteten zehn Minuten. Einer meinte: „Vielleicht sitzt er noch auf dem Klo."

Das brachte ihm einen bösen Blick von Raudia ein. Aber nach weiteren zehn Minuten schaute sie dort nach. Sven war nicht da. Also ging sie in den Seminarraum zurück und erklärte, dass Sven verschwunden sei. Ein paar Leute meldeten sich freiwillig, ihn zu suchen. Die kleine Truppe durchsuchte das ganze Gebäude und fand Sven nicht.

„Eventuell ist er ja im Wald spazieren gegangen", überlegte einer.

„Unsinn! Sven weiß doch, dass wandern gehen nur etwas für Rechtsradikale ist!", entgegnete Raudia.

„Also dann sollten wir die Polizei rufen", schlug jemand anders vor, für den man heutzutage wohl die Bezeichnung NPC verwenden würde.

„Die Faschisten von der Polizei?! Bist du irre!", schrie daraufhin einer.

„Ganz ruhig. Die Polizei ist längst weitestgehend von den bösen Rechten gesäubert. Vergiss nicht, mit uns verbündete Parteien regieren viele Bundesländer und die haben natürlich die Behörden in unserem Sinne gesäubert. Heutzutage haben wir eine antifaschistische Polizei in der kein Platz für rechtes Gedankengut ist", beruhigte Raudia den besorgten Linken.

„Na schön. Aber ein falscher Blick von den Bullen und sie kriegen Schläge", meinte der Typ und setzte sich wieder.

„Ich hole mein Handy", beschloss Raudia und lief los. Zwei Minuten später kam sie wieder und verkündete: „Die Handys sind weg."

„Wie jetzt?!", rief jemand.

„Was?! Etwa alle Handys?", fragte eine junge Frau.

„Ja. Alle Handys sind weg. Wir hatten sie gestern eingesammelt und in eine Schublade gelegt und heute ist die Schublade leer. Nur Sven und ich wussten wo die Dinger liegen. Sven muss sie mitgenommen haben und damit abgehauen sein, aber warum sollte er so etwas machen?", fragte Raudia mehr an sich selbst als an die

Gruppe gewandt.

„Vielleicht will er sie irgendwo illegal verkaufen?",
überlegte einer.

„Unsinn. Die paar Euro die er für gebrauchte Handys
kriegt rechtfertigen doch nie im Leben sein Abhauen. Ich
meine, wir wissen wie er heißt, wo er studiert und so
weiter ... er hat doch gar kein Motiv", wandte jemand
anders ein.

„Es sei denn das ist ein Test von ihm. Er will wissen wie
wir unser Wochenende ohne seine phantastische Leitung
organisieren. Ja! Sven will uns testen!", rief ein Typ mit
Antifashirt aus und glaubte damit das Ei des Kolumbus
entdeckt zu haben.

„Sowas hätte er aber vorher mit mir abgesprochen!",
wandte Raudia ein.

„Warum bilden wir nicht Gruppen und suchen nach ihm.
Teilen wir uns auf; was kann schon Schlimmes
passieren?", fragte ein schwarzer Student.

„Also mir reichts! Ich finde, wir sollten das Wochenende
abbrechen und heim fahren", schlug da plötzlich Emma
vor.

Luise sprang ihr sofort bei, denn so viel Mut musste
belohnt werden. „Finde ich auch. Fahren wir nach Hause."
Einige andere nickten zustimmend und zumindest zwei
weitere sagten: „Ja, ab nach Hause."

„Ach kommt schon. Und das nur wegen ein paar
verlorener Handys", klagte Raudia.

Dann fügte sie fast flehentlich hinzu: „Das Seminar ist so
wichtig. Bitte bleibt doch."

„Nein, es ist gelaufen. Wir wollen nach Hause",
entgegnete Luise.

Ein Mädchen namens Mifti meldete sich nun ebenfalls zu

Wort: „Ich hatte mir hier auch etwas ganz anderes vorgestellt. Ich wollte zwei Tage abhängen und nichts tun und stattdessen soll ich hier zwanzig Stunden Vorträge hören, obwohl auf der Webseite nur zwei Stunden angekündigt wurden. Das Essen ist Mist und das Wetter ist saukalt. Mir reichts; ich will zurück nach Berlin. Wenn ich mir die Welt schon schönkiffe, dann am besten in den eigenen vier Wänden."

„Kiffen in Berlin!", rief ein anderer laut.

Daraufhin riefen einige Studenten gleichzeitig: „Kiffen in Berlin! Kiffen in Berlin! Kiffen in Berlin!"

„Na schön. Wer von euch will zurück nach Berlin?", fragte Raudia.

Fast die Hälfte der Leute hob die Hand. Auch Luise, Emma und Mifti. „Gut. Und wer will hierbleiben und nach Sven suchen?"

Die Übrigen hoben die Hand. „Wer von Gruppe eins hat einen Führerschein und kann den Bus fahren?"

Zwei hoben die Hand. „In Ordnung. Dann viel Spaß bei der Heimfahrt", verkündete Raudia.

Rasch ging die Hälfte der Truppe auf ihre Zimmer und packte die Sachen. Auf dem Weg zum Zimmer fiel Luise am Empfangstisch eine Spendendose für eine linke Schlepper-NGO auf, die Asylanten nach Europa schmuggelte. Rasch öffnete sie die Dose und ließ den Inhalt in ihre Tasche wandern. *Ist die Luise kriminell, ab nach Hause aber schnell*, dachte sie scherzhaft und ging in ihr Zimmer.

Dort angekommen war Emma schon fast fertig mit packen. Luise packte rasch ihr Zeug zusammen und ging dann mit Emma in Richtung des Busses. Draußen vor dem Gebäude parkte das Ding. Als Emma und Luise dort ankamen, standen einige Studenten bereits ratlos vor dem Gefährt. „Alle Reifen sind platt", sagte einer der Studenten zu den beiden hinzukommenden Frauen.

Auch Mifti sah das und grinste. „Dann sitzen wir wohl hier fest. Wie in einem billigen Horrorfilm", sagte sie.

„Was ist daran so lustig, Mifti?", fragte einer der Studenten.

„Nun, das Leben ist ein Topf voller Scheiße. Wenn jetzt ein Killer kommt und mich umlegt, habe ich nichts dagegen. Besser wird's sowieso nicht. Ich gehe jetzt auf mein Zimmer und ballere mich mit Drogen zu. Dann merke ich wenigstens nicht wie er mich umlegt. Ich wette es ist der Sven; der Saukerl versteckt sich und dann schlachtet er uns alle. Würde mich nicht wundern. Auf dem letzten Ausflug hat er mich dauernd begrapscht und viele von Euch waren Zeugen. Wenn er später mal Karriere in der Politik macht, müsste er jeden Tag Angst vor einem Mee-to-Skandal haben. Aber wenn er uns alle killt und sich dann als einzigen Überlebenden einer Mordserie präsentiert, ist er fein raus. Also dann; wir sehen uns im Jenseits, aber ich sehe mir vorher schon mal ein paar schöne weiße Wolken in meinem Zimmer an", verkündete Mifti, drehte sich um, zeigte allen zum Abschied beim Gehen den Mittelfinger und verschwand wieder im Haus.

„Na toll. Und was machen wir jetzt?", fragte Emma.

„Erstmal wieder ins Haus zu Raudia. Wenn Sven weg ist hat sie das Sagen", antwortete einer.

„Ach! Auf einmal! Eben wolltest du doch noch gegen ihren Willen nach Berlin!", wandte ein anderer Student ein.

„Das können wir ja jetzt wohl vergessen. Also los, rein zu

Raudia!"

„Du würdest gerne rein in Raudia, du Sau!", warf ihm ein anderer vor.

„Halt die Fresse!"

„Leute! Drinnen ist doch an der Rezeption ein Telefon. Warum rufen wir uns nicht einfach ein paar Mitfahrgelegenheiten! Und bei der Gelegenheit eventuell gleich die Polizei!", fiel Emma da plötzlich ein.

„An der Rezeption ist ein Telefon! Warum ist dir das nicht vorhin eingefallen?", warf ihr jemand vor.

„Habe eben nicht dran gedacht; war zu sehr mit packen beschäftigt. Außerdem hat von Euch doch auch keiner dran gedacht, aber meines Wissens haben Rezeptionen immer Telefone", verteidigte sich Emma.

Also gingen alle hinein. Auf dem Pult der Rezeption stand kein Telefon, aber an der Wand hing immerhin eines. Emma ging an das Telefon und wollte gerade wählen, als ihr etwas auffiel. „Da muss man Münzen reinwerfen. Hat jemand Kleingeld?"

Alle Anwesenden wühlten in den Taschen. Keiner hatte Münzen. „Bargeld ist sowieso faschistisch. Nimm doch einfach meine Kreditkarte. Der Geheimcode ist 1234", meinte einer und reichte Emma seine Karte.

„Der Automat ist etwas älter; er nimmt keine Karten", sagte Emma.

„Scheiß Naziautomat! Wie kann er es nur wagen dem Fortschritt im Weg zu stehen?!"

„Sagt mal, so Nummern wie die von der Polizei und der Feuerwehr ... die müsste doch eigentlich jedes Telefon kostenlos anrufen können; auch Münztelefone, oder?", fragte Luise.

„Richtig! Sie hat recht!", stimmte Emma zu und wählte

die 110.

Doch es passierte überhaupt nichts. Emma versuchte es erneut. Wieder nichts. „Was ist los Emma?", fragte Luise. „Irgendwie komme ich nicht durch. Das Ding scheint so tot zu sein wie das Internet in Berlin oftmals. Nur das es keinen Bildschirm mit Ladekreis hat."

Luise schaute sich das Gerät an. Dann folgte sie mit ihrem Blick dem Kabel und stellte fest, dass es weiter unten durchgeschnitten war. „So ein Mist!", fluchte Luise.

„Und was jetzt?", fragte einer.

„Erstmal zurück zu Raudia", antwortete ein anderer.

Da niemandem etwas Besseres einfiel, gingen sie alle zu Svens Genossin. Diese war gerade dabei Suchtrupps zusammen zu stellen. Rasch berichtete man ihr was passiert war. Als der Bericht zu Ende war fiel Luise etwas ein: „Was ist mit demjenigen, der an der Rezeption normalerweise arbeitet? Wo es eine Rezeption gibt, gibt es auch einen Rezeptionisten, oder?"

„Oder eine Rezeptionistin. Oder eine*n Rezeptionist*innen", wandte einer der Linken ein.

Luise dachte nur: *Halt die Fresse mit deiner Genderscheiße.*

Dann antwortete Raudia: „Normalerweise schon, aber er hat das Wochenende frei genommen, weil Sven zu ihm meinte, wir würden ihn nicht benötigen. Er war ja auch bei unseren letzten Ausflügen hier nicht anwesend."

„Und das Küchenpersonal? Vielleich haben die noch ihre Handys", fiel Luise ein.

„Wir haben selbst gekocht."

Und es hat geschmeckt wie ihr ausseht, dachte Luise genervt.

„Die Frage ist doch: Was machen wir jetzt?!", rief einer

aus.

„Tja, die Lage ist ernst. Jemand hat unserem antifaschistischen Bus die Reifen zerstochen. Ich schlage vor, Ihr die Ihr nach Berlin wolltet, werdet nun auch in Suchtrupps nach Sven aufgeteilt und einer von euren Trupps geht in die Stadt nach Drachenfelshausen hinein und holt von dort aus Hilfe. Dabei haltet Ihr auf der Straße selbstverständlich auch Ausschau nach Sven; vielleicht läuft er da ja irgendwo herum. Einverstanden?", fragte Raudia.

Alle nickten. „Was ist eigentlich mit Mifti?", fragte einer aus der Gruppe derjenigen die zuerst nicht nach Berlin zurück wollten.

„Mifti ist auf ihr Zimmer gegangen und ballert sich mit Drogen zu", lautete die Antwort.

„Gut. Dann lasst sie in Ruhe da oben kiffen und was weiß ich nicht alles. Haben wir wenigstens unsere Ruhe vor ihr", verkündete Raudia und viele nickten.

Anschließend begab sich Raudia zu den Berlin-Rückkehr-Leuten und teilte sie auf. Luise kam leider nicht mit Emma in eine Gruppe; dafür landete sie in der fünf Personen starken Gruppe, die nach Dankenfelshausen laufen sollte.

„Zu Fuß dauert das doch ewig! Außerdem ist wandern voll Nazi!", jammerte einer der Eingeteilten.

„Wenn du nach Sven suchen willst, wirst du aber auch wandern müssen. Und das nicht etwa eine Landstraße entlang, sondern durch den Wald", erklärte ihm einer.

„Gut, dann lieber die Straße", lautete die Antwort des Roten.

„Also dann, gehen wir nach Drachenfelshausen", sagte Luise, rückte ihren Rucksack gerade und marschierte los.

Mir egal, ob die anderen mit gehen. Ich jedenfalls bin hier weg. Und wenn ich in Drachenfelshausen bin rufe ich meine Mädels irgendwo von dort aus an und lasse mich von ihnen abholen. Die anderen können dann ja gerne mit der Polizei zurückkehren und diesen Schwachkopf Sven suchen und den Fall der zerstörten Busreifen aufklären. Das sind nicht meine Leute und damit auch nicht mein Problem, dachte Luise.

Sie marschierte los und die vier anderen Leute folgten ihr. Drei waren Kerle und eine anscheinend so etwas Ähnliches wie eine Frau. Mit der bescheuerten Frisur und dem vielen Metall im Gesicht war sie jedoch schwer als eine Solche zu identifizieren. Draußen war es saukalt aber das machte Luise nichts aus. Durch ihre zahlreichen Abenteuer mit Honor Blood war sie ziemlich gut abgehärtet und die paar Kilometer Fußmarsch schreckten sie nicht. Lediglich die vier Klötze am Bein nervten sie.

„Wieso müssen wir laufen?! Wir leben doch nicht mehr im Mittelalter", jammerte einer.

„Die Faschisten wandern ständig durch die Gegend, weil sie Wälder so toll finden. Wenn wir an der Macht sind müssen wir alle Bäume fällen und durch Windräder ersetzen; im Namen von Natur- und Kilmaschutz", meinte der zweite.

„Aber wir sind doch schon an der Macht. Warum machen die Grünen das nicht einfach?", fragte der dritte.

„Wagst du es etwa die Grünen zu hinterfragen? Die Grünen haben uns von der Atomkraft befreit und uns sichere, saubere, kostengünstige Energie verschafft! Wehe du verlierst ein böses Wort über diese Helden!", drohte die Frau mit dem ins Gesicht getackerten Metall.

Wenn die so weiter machen, bringe ich die alle um, dachte Luise sauer.

Kapitel 2: Im Wald, im grünen Wald...

Während Luise und ihre Gruppe die ewig lange Straße entlang marschierten, suchten die übrigen Gruppen nach Sven das Unterholz ab. Hierzu ein paar Zahlen zur besseren Übersicht:

-Nachdem sich Luise zur Reise angemeldet hatte, waren noch ein paar andere Anmeldungen dazu gekommen, sodass die Reisegruppe aus insgesamt 27 Personen bestand.

-Sven war verschwunden, womit wir bei 26 Personen waren.

-Mifti wollte lieber kiffen und war auf ihr Zimmer gegangen; blieben 25 Personen.

-Diese wurden zu fünf Gruppen mit jeweils fünf Personen aufgeteilt.

-Vier Gruppen suchten hauptsächlich nach Sven.

-Die fünfte Gruppe marschiert nach Drachenfelshausen um Hilfe zu holen.

-Gruppe eins beinhaltet Raudia und vier unwichtige Loser; gut eigentlich sind die Roten alle unwichtige Loser, sodass man ihre Namen nicht kennen muss.

-Gruppe zwei beinhaltet Emma und vier unwichtige Loser.

-Gruppe drei besteht aus fünf unwichtigen Losern.

-Gruppe vier ebenfalls.

-Gruppe fünf mit unserer Heldin Luise und vier unwichtigen Losern entfernt sich immer mehr von dem Haus, in dessen Nähe die übrigen vier Gruppen suchen.

*

Werfen wir nun einen Blick auf die Tätigkeit von Gruppe vier. Die fünf linken Loser von Gruppe vier durchkämmen den Wald und schimpfen dabei auf die derzeitige Situation. „Warum machen wir eigentlich alle das was Raudia uns sagt? Warum sind wir nicht auch einfach nach Drachenfelshausen mitgegangen?", fragte einer von ihnen, als er zur Abwechselung mal sein Gehirn einschaltete.

„Weil Raudia unsere Anführerin ist."

„Unsinn! Sven ist unser Anführer!"

„Aber Raudia ist seine Stellvertreterin. Wenn er nicht da ist hat sie das Sagen."

„Wieso?"

„Ist halt wie bei Lenin und Stalin. Wenn Lenin mal abwesend war, hatte auch Stalin das Sagen."

„Und wieso ist Sven Lenin und Raudia Stalin? Sven ist doch jünger als Raudia und wird daher länger herrschen; ist dann nicht eher Sven Stalin?"

„Ist doch egal. Wir sind alle Antifaschisten und heldenhafte Kämpfer gegen Rechts. Wir sind wie Kapitän Marvel und auch genauso beliebt. Lasst uns nach Sven suchen."

„Hey, was ist das?", fragte einer und hob ein unter ein paar Blättern verstecktes Schwert hervor.

„Da hat einer ein Schwert versteckt. Wie mittelalterlich."

„Wie rückständig."

„Wie faschistisch."

„Wie rechtsradikal."

„Schön wie Ihr alle einer Meinung seid", sagte plötzlich eine Stimme hinter ihnen.

„Danke. Wir bekennen uns alle zur Vielfalt", antwortete

der Typ, der nun das Schwert in der Hand hatte.

Dann wurde ihnen allen die Unheimlichkeit der Situation bewusst und sie drehten sich in Richtung der Stimme um. Hinter ihnen stand eine maskierte Gestalt mit einem langen gelben Regenmantel bekleidet. In der rechten Hand hielt die Gestalt eine zur Lanze umgebaute Sense, mit der man sowohl zustecken als auch absäbeln konnte.

Geschwind rannte die Gestalt auf die Gruppe zu und säbelte zweien von ihnen die Köpfe ab. Der Dritte wollte gerade schreien, da erwischte es auch ihn. Die Vierte rief: „Bitte! Ich bin doch eine Frau! Außerdem gehöre ich einer diskriminierten Minderheit an!"

„Das ändert natürlich alles", sagte die Gestalt und hielt inne.

„Wirklich?", freute sich die Frau.

„Nein", antwortete die Gestalt und schlug ihr den Kopf ab. Der Typ mit dem Schwert warf panisch seine Waffe weg und rannte los. Die Sense flog ihm hinterher und traf ihn im Rücken. Der Flüchtling ging zu Boden und der Killer kam ihm nach. Er zog die Sense aus ihm heraus und drehte ihn mit dem Fuß um. Mit letzter Kraft sagte der Verreckende: „Sag meinen Genossen, ich bin im Kampf gegen Rechts gefallen."

„Nein", antwortete der Killer und schlug auch ihm den Kopf ab.

*

Sehen wir uns nun die Arbeit von Gruppe drei an. Die Truppe hatte keinen richtigen Bock nach Sven zu suchen, also legten sie sich einfach ins Gras und rifen ab und an „Sven! Sven!"

„Wenn der nicht gefunden werden will, dann taucht er auch nicht auf", stellte einer von ihnen fest.

„Ist aber schon komisch, dass er uns so einen bescheuerten Streich spielt", meinte ein anderer.

„Vielleicht ist es gar kein Streich und ihm ist wirklich etwas passiert. Vielleicht will sich jemand an uns allen rächen für all den Scheiß der bei unseren letzten Ausflügen passiert ist. Denk doch mal an die fünf Opfer des 'Silbenkillers'. Alles Genossen von uns. Alles Leute, die auch bei unseren Ausflügen dabei waren. Und es war an der Uni allgemein bekannt, dass sie alle dieses Jahr nicht mitkommen wollten, weil sie für ihre Abschlussprüfungen büffeln mussten; logisch, immerhin waren sie älter als wir und haben länger studiert."

„Aber wer sollte uns umbringen wollen?"

„Keine Ahnung. Wir sind doch immer so nett zu allen und kämpfen stets für Gerechtigkeit. Und dieses Mädchen das wir letztes Jahr vergewaltigt haben, hatte es nicht anders verdient. Sie stammte immerhin aus Polen und meinte die PiS sei gar nicht so schlimm. Und richtig gegendert hat sie auch nicht."

„Aber die Fotze ist doch dieses Jahr gar nicht mit dabei."

„Schon, aber Mifti ist dabei und sie und Mifti sind doch Freundinnen oder?"

„Ja, aber Mifti weiß doch von nichts. Die war letztes Mal auch total dicht und hat nichts mitbekommen und ihre Freundin wird wohl kaum geplaudert haben. Hätte die Polin geredet, säßen wir alle längst vor Gericht und würden dann Bewährung bekommen. Gruppenvergewaltigungen sind ja nicht so schlimm und die anderen anwesenden Frauen hatten ja auch nichts dagegen."

„Mifti hätte bestimmt was dagegen, wenn sie es wüsste."

„Mifti ist eine dumme Kifferin; sie weiß nichts und war auch nicht dabei."

„Was ist mit Emma? Wenn uns jemand hier festhält, könnte es auch sie sein oder?"

„Hat Mifti dir was von ihrem Stoff gegeben? Uns hält hier keiner fest um uns zu killen oder so; das ist bestimmt Sven der unsere Fähigkeiten für den Tag der großen Revolution testen will."

„Vielleicht, aber was wenn es ein Fall wie in einem Horrorfilm ist; was ist dann mit Emma?"

„Der hatte Sven doch letztes Mal K.O.-Tropfen oder so etwas in der Art gegeben und sie gerammelt. Hinterher wusste Emma von nichts und das war zu der Zeit als wir die Polin vergewaltigt haben. Später hat Sven, der ja irgendwie in die Polin verliebt war, sie auch noch gefickt."

„Du sagst es: Sven war verliebt in die Polin. Sie ist später wieder nach Polen abgehauen. Was wenn Sven ihre Vergewaltigung durch uns alle rächen will? Er killt uns, weil wir sie geschändet haben und er killt die Frauen weil sie zugesehen haben. In dem Fall würde er Mifti und Emma am Leben lassen und diese Jade Westen auch; die war ja letztes Mal nicht dabei."

„Schwachsinn! Warum sollte Sven seine eigenen Genossen töten?"

„Warum sollte es Emma tun?"

„Weil Emma und die Polin Freundinnen sind."

„Das sind Mifti und die Polin auch; sofern überhaupt noch Kontakt besteht über diese Landesgrenze hinweg."

„Scheiß Grenzen. Wird Zeit diesen faschistischen Mist

abzuschaffen!"

Alle nickten.

„Was ist eigentlich mit Raudia? Ich meine die ist eher dem radikalfeministischen Lager zuzuordnen. Sie war nicht begeistert, als Sven sich an Emma und wir alle uns an der Polin vergangen haben."

„Nicht begeistert? Sven meinte mir gegenüber, es hätte sie geil gemacht und bei dem Gedanken daran falle sie immer über ihn her."

„Vielleicht hat Sven da gelogen oder hast du Beweise dafür gesehen?"

„Oder aber sie macht Sven etwas vor und plant ihre Rache."

„Unsinn. Raudia ist viel zu dumm für so etwas."

„Aber überleg doch mal: Wer organisiert den Ausflug? Wer läuft dauernd mit dem Klemmbrett herum und weiß immer wo jeder ist? Raudia."

„Sven hat auch ein Klemmbrett."

„Vielleicht arbeiten Sven und Raudia zusammen. Vielleicht will Sven alle Zeugen seiner Taten beseitigen, damit niemand seiner Karriere in der Politik im Weg steht."

„Blödsinn. Sven ist ein Roter. Egal ob Mord, Vergewaltigung oder Drogendelikte; wir kommen meistens damit durch. Fast alle Journalisten sind auf unserer Seite. Gut, da gibt es Blätter wie die scheiß 'Junge Freiheit' oder 'Tichys Einblick', aber die paar tausend Leute die das lesen fallen nicht ins Gewicht. Wir und unsere revolutionären Garden beherrschen Medien mit Millionen Lesern. Wenn wir Roten oder meinetwegen auch Rotgrünen wollen das über etwas berichtet wird, dann machen die Medien das. Und wenn wir wollen das über etwas geschwiegen wird, dann halten die Medien dicht. Habt Ihr schon mal etwas vom Mord an Jörg Haider gehört?"

Alle schüttelten den Kopf. „Na seht Ihr. Warum sollte Sven uns alle umbringen wollen? Er testet uns und will sehen wie wir ohne ihn agieren."

„Wenn er das sehen will, ist es dann ratsam hier im Gras zu liegen und nichts zu tun?", fragte einer der unwichtigen Nebendarsteller.

„Ja, denn dann sieht er das wir seinen Trick durchschaut haben und ist stolz auf uns, dass wir so schlau sind."

„Und wenn er uns alle ermordet, weil er glaubt einer von uns könnte ein rechtsradikaler Maulwurf sein? Du kannst nicht bestreiten, dass es Rechte gibt, die unsere Szene unterwandern..."

„Mag sein, aber wir kennen uns seit Jahren."

„Aber wenn einer von uns ein Maulwurf ist und Sven weiß das es einer von uns ist, weiß aber nicht sicher wer genau; würde er uns dann alle umlegen, um sicherzugehen das der Maulwurf das was er über ihn weiß mit ins Grab nimmt?"

„Vergessen wir da nicht jemanden? Was ist mit Kevin?! Der ist dieses Jahr nicht dabei, ist keines der fünf Mordopfer und hat schon außerhalb der Uni mächtig Karriere gemacht. Er war bei der Gruppenvergewaltigung dabei und hätte richtig was zu verlieren wenn das herauskommt."

„Schwachsinn! Selbst wenn es herauskommt; die Medien sind auf unserer Seite. Und Kevin läuft hier bestimmt nicht herum und killt Leute wie seinen alten Genossen Sven."

„Aber ich habe Kevin immer misstraut. Er hat so etwas Karrieregeiles an sich..."

33

„Leute, hört doch auf mit diesen bescheuerten Verschwörungstheorien. Hier gibt es keinen Maulwurf und Sven ist kein Killer. Und Raudia, Emma und Mifti bestimmt auch nicht. Besonders die Raudia tut doch immer nur das was Sven sagt. Ohne Sven ist sie doch völlig aufgeschmissen!"

„Bist du dir da sicher?", fragte eine Stimme nahe der fünf liegenden Linken.

„Ja, natürlich! Hey, wer ist das?", fragte der Angesprochene und richtete sich auf.

Eine halbe Sekunde später steckte in seinem Oberkörper ein Pfeil. Der Killer nahm sich jedoch keine einzige Sekunde Zeit um diesen Anblick zu genießen, sondern griff sogleich die neben ihm an einem Baum stehende Sense und rannte auf die übrigen vier Typen zu, die gerade dabei waren sich zu erheben. Sie wollten wegrennen, aber der Killer war schneller. Geschwind schlug er den drei ihm am nächsten befindlichen Linken die Köpfe ab. Der Vierte rannte so schnell wie möglich weg und der Killer warf ihm seine Sense hinterher. Er verfehlte den Flüchtenden jedoch. „Mist", knurrte der Killer, rannte zu seiner Armbrust zurück, lud sie nach, zielte und schoss. Er traf den Flüchtling in den Rücken und dieser ging zu Boden. Der Killer ging zu seiner Sense zurück, schlug damit dem ersten Pfeilopfer den Kopf ab und marschierte dann zum zweiten. Der Sterbende röchelte: „Ich ... ich darf noch nicht sterben. Ich muss doch noch auf so vielen Demos gegen rechts mitlaufen und die bunte Bundesregierung unterstützen ..."

„Keine Sorge, du kannst noch auf sehr viele Demos gehen", sagte der Killer.

„Ach echt?"

„Ja. In der Hölle", entgegnete der Killer und schlug seinem Opfer den Kopf ab.

Im Anschluss versah er mit einem Lippenstift die Stirn eines jeden Opfers mit einem Buchstaben. Der eine bekam ein A, der andere ein E, der Dritte ein I, der Vierte ein O und der Fünfte ein U auf die Stirn. „Sorry, hab ich bei der letzten Gruppe irgendwie vergessen", sagte der Killer an seine Opfer gewandt und verzog sich wieder in den Wald. Dabei sang er leise: „Im Wald, im grünen Wald, der Todesschrei des Roten laut widerhallt..."

*

In der Zwischenzeit befand sich Gruppe fünf weiterhin auf dem Weg nach Drachenfelshausen. Luise König hatte von all diesen Idioten so was von die Nase voll. Seit zehn Minuten laberten sie darüber wie man am besten gendergerecht reden sollte und wie toll die öffentlich-rechtlichen Medien darin doch waren. Luise kamen diese zehn Minuten wie zehn Stunden vor. *Wenn das so weiter geht vergesse ich mich und lege die vier eigenhändig um*, dachte die braunhaarige junge Frau stinksauer.

Eigentlich war Luise ja immer die Gelassenere; besonders wenn sie mit ihrer besten Freundin Honor unterwegs war. Aber diese Leute nervten sie so dermaßen, dass sie sich wünschte der Blitz möge die vier Roten treffen.

Da kam der Killer mit einem Motorrad vorbei gefahren, hielt hinter der Gruppe, legte mit einer Pistole an und ballerte vier mal auf die vier Linken hinter Luise. Dann fuhr der Killer wieder weg. Luise befand sich ein paar

Meter vor den Vieren und sah gerade noch das Motorrad in die Richtung weg fahren, in der sich das Haus befand von dem aus sie aufgebrochen waren. Die Linke mit dem vielen Metall im Gesicht lebte noch, lag aber am Boden. Luise beugte sich zu ihr hinab. „Wer war das?", fragte sie. „Warum will euch jemand umbringen?", fragte sie hingegen nicht, denn sie selbst hatte in den letzten Minuten genügend Gründe im Geiste aufgezählt.

„Ich weiß nicht. Wir haben doch nie jemandem etwas getan ...", behauptete die Angeschossene.

Dann überlegte sie kurz: „Na ja, jedenfalls nie jemandem der es nicht verdient hätte. Wenn jemand falsch gendert oder eine rechte Partei lobt oder eine rote oder blaue Mütze trägt ... tja dann kann es schon passieren, dass wir ihn oder sie dafür bestrafen ..."

„Eine blaue oder rote Mütze?", fragte Luise.

„Na blau ist die Farbe der AfD und rot die der Republikaner in den USA."

„Aber ist rot nicht auch die Farbe vieler linker Bewegungen?"

„Ja und da gab es auch mal Missverständnisse zwischen uns und anderen Linken. Augen wurden ausgestocken, Messer in Eingeweide gesteckt ... aber sowas kann passieren. Fehler machen wir alle. Hauptsache wir sind alle vereint im Kampf gegen Rechts. Diesem Kampf müssen wir alles unterordnen; nichts ist wichtiger. Unsere Vielfalt muss über deren Einfalt siegen und wir werden ein weltweites Utopia errichten in dem alle gleich sind. Bunt statt braun!", rief sie aus, reckte die linke Faust zum Himmel, spuckte eine ordentliche Ladung rotes Blut und war tot.

Luise schaute nach und stellte fest, dass die anderen

Anwesenden ebenfalls tot waren. „Tja, was nun? Wer immer das war, hatte es nicht auf mich abgesehen. Das Klügste und Ungefährlichste wäre es, nach Drachenfelshausen zu gehen und die Behörden zu informieren. Andererseits haben wir es hier mit mehreren Morden zu tun und wenn die Polizei mich befragt werden sie vielleicht auch auf Honor aufmerksam. Das wäre nicht gut. Vielleicht verdufte ich erstmal nach Drachenfelshausen und tauche bei meinen Freundinnen in der Gegend unter", überlegte Luise.

Da fing es plötzlich an zu regnen. „Scheiße", fluchte Luise, die innerhalb von wenigen Sekunden klatschnass wurde.

Rasch begab sie sich ein Stück weit unter die Bäume, aber so dass sie die Straße noch im Blick behalten konnte. Sie lief weiter, ein wenig geschützt durch die Äste und Zweige über ihr, aber der Regen wurde immer schlimmer.

*

Wie viel schlimmer der Regen wurde bemerkte einige Zeit später auch Raudias Gruppe und zog sich ins Haus zurück. „Toll! Und die superschlaue Raudia ist schon vor einer Ewigkeit vorgegangen, weil sie angeblich mal auf's Klo musste. In Wahrheit hatte sie wohl keinen Bock zu suchen und wollte uns die ganze Arbeit überlassen", maulte einer.

„Unsinn!", rief da plötzlich Raudia und tauchte hinter ihren vier Genossen auf.

„Raudia, warum sind deine Haare nass?", fragte einer aus der Truppe.

„Weil ich sie mir gewaschen habe. Ich war von der Suche ganz verschwitzt und ... äh ... ehrlich gesagt auch von der Klositzung. Also habe ich sie mir gewaschen..."

„Ohne Schampoo?"

„Klar, Schampoo ist doch Gift für die Umwelt oder nicht?", stellte Raudia eine Gegenfrage.

„Sag mal Raudia, sind von den anderen Suchenden schon welche zurück gekommen?"

„Nein, das Haus war bis eben menschenleer. Na ja, außer mir natürlich", antwortete Raudia.

„Was ist das da Rotes an deinem rechten Schuh?"

„Ich hatte mir in der Küche einen Traubensaft eingegossen und ein bisschen gekleckert. Da muss ich wohl hineingetreten sein."

„Wieso ist noch keiner von den anderen zurück? Müsste der Regen sie nicht auch zurück in das Haus treiben?", fragte einer.

„Vielleicht suchen sie trotz des Wetters weiter nach Sven; eventuell liegt er ihnen mehr am Herzen als Euch", mutmaßte Raudia.

„Ach als ob er dir am Herzen liegt! Du hast dir hier die Haare gewaschen und Traubensaft getrunken, während wir draußen gesucht haben wie die Bekloppten!"

„Was wollt Ihr mir damit unterstellen?!", rief Raudia aggressiv aus.

„Tja, keine Ahnung! Vielleicht willst du Sven gar nicht finden?"

„Oder aber du weißt, dass es sinnlos wäre ihn zu suchen, weil du ihn ermordet hast!"

„Was?! Ich soll Sven ermordet haben? Wieso sollte ich das tun?", fragte Raudia.

„Vielleicht wolltest du in unserer lockeren Bewegung die

Führung übernehmen! Vielleicht wolltest du Führerin werden!"

„Wie kannst du mir so etwas unterstellen?! Noch dazu mit solch einem faschistischem Wort?! Ich bin eine ebenso mutige und aufrechte Antifaschistin wie Sven und wie viele andere hier! Seid Ihr auch aufrechte Antifaschisten?!"

„Wie kannst du es wagen uns in Frage zu stellen?! Wir waren da draußen im Regen, während du dir die Haare gemacht hast! Und warum hast du die Suche nach Sven nicht ernst genommen?! Wohl weil du ihn ermordet hast!"

„Ihr seid ja paranoid! Wart Ihr auf rechten Verschwörungstheorieseiten oder was?!"

„Vielleicht bist du ja eine heimliche Rechte! Immerhin hast du die Gruppen eingeteilt! Du und Sven wart für die Handys zuständig; die Handys sind verschwunden! Du und Sven; ihr organisiert die Ausflüge! Ihr kennt dieses Haus und die Umgebung wie Eure Westentaschen! Du hast ihn ermordet, seine Leiche versteckt und dann unsere Suchen ins Leere laufen lassen! Gib es schon zu Raudia!"

„Nein! Jeder der Google Earth benutzen kann, kann sich ein Bild dieser Gegend machen; dafür braucht man keine besonderen Kenntnisse! Ich habe Sven nicht getötet! Ich bin unschuldig! Ich stehe für dieselben Werte wie Sven und würde niemals etwas tun was ihm schaden könnte! Aber vielleicht hat einer von Euch ihn ja ermordet und jetzt wollt Ihr die Schuld auf mich schieben! Aber das lasse ich nicht zu!", schrie Raudia und griff nach einem herumliegenden Brotmesser.

„Packt sie!", schrie einer der Vier und alle gingen gleichzeitig auf sie los.

„Nein!", schrie Raudia und stach mit dem Messer um sich.

Sie traf aber keinen der Vier. Stattdessen schnappten die Roten sich die Raudia und entwaffneten sie. „Wir müssen sie fesseln", meinte einer und holte einen Stuhl.

Dann suchten sie sich ein paar Kabel von einem Projektor und ein paar Lampen, mit denen sie Raudia am Stuhl festbanden. „Ich habe Sven nicht ermordet!", schrie Raudia, nachdem sie gefesselt war.

„Das stimmt", sagte da eine Stimme hinter ihnen.

In der nächsten Sekunde war der Killer mit der Sense bei den Vieren und machte sie nieder. Einer versuchte noch mit Raudias Messer Gegenwehr zu leisten, aber er erwischte dabei nur seinen beim Kampf vor ihn fallenden Genossen. Als alle vier tot waren sagte Raudia: „Danke! Du hast mich gerettet! Jetzt mach mich los, damit ich diesen rechten Konterrevolutionären in die toten Ärsche treten kann!"

„Warum sollte ich dich los machen Raudia?"

„Na das habe ich doch gesagt. Außerdem kommen bald die anderen wieder und denen können wir dann die ganze Geschichte erzählen und ..."

„Die Anderen kommen nicht wieder, Raudia. Sie sind alle tot. Alle Gruppen die du los geschickt hast, habe ich abgeschlachtet. Und Sven auch. Seine zerstückelten Körperteile liegen in deinem Zimmer; versteckt und in Plastikfolien eingewickelt in deiner Matratze. Sobald ich dich getötet habe, lege ich dich dazu; mit allen meinen Mordwaffen. Es wird wie Selbstmord aussehen. Alle werden denken das du die ganzen Leute umgelegt hast."

„Aber wieso?", fragte Raudia.

„Ach, du willst ein Motiv? Warum denn? Gab's bei 'Scream' ein logisches Motiv? Hat die 'Saw'-Reihe Sinn ergeben? War 'Ich weiß was du letzten Sommer getan hast' logisch... Na gut, Raudia. Wenn du hohle Nuss noch nicht selbst drauf gekommen bist: Die Studentin aus Polen, die ihr letztens geschändet habt, war meine Freundin und ich räche sie."

„Mifti! Nimm die Maske ab du Hure!", schrie Raudia.

„Nein, nicht Mifti", sagte Emma, hörte auf ihre Stimme zu verstellen und nahm die Maske ab.

„Emma?! Nein! Das kann nicht sein! Ich dachte wir wären Freundinnen?! Wir sind doch alle überzeugte Feministinnen oder?! Komm schon, mach mich los!"

„Freundinnen?! Feministinnen?! Du hast zugelassen das Sven mich und meine Freundin vergewaltigt! Du hast viel zu viel Dreck am Stecken, als dass du mich als deine Freundin bezeichnen darfst! Und was den Feminismus betrifft, der kann mir gestohlen bleiben! Was ist schon eine Ideologie wert, die angeblich für die Rechte der Frauen eintritt und die gleichzeitig Vergewaltiger machen lässt was sie wollen?!"

„Aber woher weißt du das Sven dich vergewaltigt hat? Er hat dich doch betäubt!"

„Die Betäubung hat alles andere als gut gewirkt; ich habe einiges mitbekommen, konnte mich aber irgendwie trotzdem nicht wehren."

„Hör zu, wir können das alles irgendwie regeln. Meine Eltern sind reich. Sie haben viel Geld. Wenn du mich verschonst, kann ich dafür sorgen das sie dir viel Geld geben. Eigentlich überrede ich sie jedes Jahr zu Spenden für den Kampf gegen Rechts, aber ich bin sicher sie machen 100.000 Euro locker, wenn ich ihnen sage du würdest eine entsprechende Initiative aufbauen."

Emma legte die Sense weg. „100.000 Euro?", fragte Emma.

„Ja", antwortete Raudia hoffnungsvoll.

Emma zog ihre Schusswaffe hervor. „Nein, warte! 200.000 Euro!", schrie Raudia.

„Ich kann dich leider nicht foltern oder so, denn es muss wie Selbstmord aussehen. Deswegen bekommst du einen Kopfschuss Raudia."

„Interessant. Du hast also all die Morde begangen", sagte plötzlich Luise, die von Emma und Raudia unbemerkt in den Raum gekommen war.

„Habe es nicht bis Drachenfelshausen geschafft; der Regen ist zu stark. Sag mal Emma, warum bringst du all diese Leute um? Gewiss gibt es Millionen Gründe dafür, aber ich wüsste gerne deinen ganz Persönlichen", fragte Luise.

Emma erklärte Luise was ihr und der Polin angetan worden war. „Aha, ich verstehe", sagte Luise, nachdem Emma fertig berichtet hatte.

„Hör zu ... äh Jade! Bitte bring Emma zur Vernunft! Sag ihr, dass sie mich leben lassen soll! Ihr beiden könnt jede 200.000 Euro von meinen Eltern haben!"

„Deine Eltern? Ich dachte für euch Linke sind Eltern etwas Reaktionäres und Ewiggestriges. Und wollt Ihr nicht alle Familien abschaffen?", fragte Luise.

„Ja, aber doch nur die Familien unserer Feinde. Wir selbst können natürlich machen was wir wollen", antwortete Raudia.

„Also links reden und rechts leben", stellte Luise fest.

„Ja ... äh nein!"

„Genau, nein! Denn das was du machst ist gewiss nicht 'rechts leben'. Du vertuschst Vergewaltigungen und Gott weiß was sonst noch für Verbrechen. Komisch das du und deine hier getöteten Genossen genau das machen was sie bei einer gewissen Kirche kritisieren. Bei einer Kirche, die sie selbst Jahrzehnte zuvor unterwandert und immer weiter übernommen haben. Seltsam, wo immer Leute wie ihr das Sagen habt werden Drogen konsumiert, wird vergewaltigt und wird radikalen Ideologien Zucker in den Arsch geblasen. Wo immer ihr die Macht habt, schreit ihr 'Demokratie' und 'Menschenrechte'; nur um am Ende arme unschuldige Leute mit Terror und Gewalt zu überziehen. Wo immer ihr herrscht, herrschen Elend und Leid. In Kambotscha habt ihr ein Viertel der Einwohner abgeschlachtet; zum Teil sogar Leute nur weil sie eine Brille trugen und deswegen als schlau galten. In Nordkorea sperrt ihr Leute ein, nur weil sie an Gott glauben und eurem Führer nicht huldigen wollen. Überall wo ihr das Sagen habt werden die Menschen ärmer, unfreier und unglücklicher."

„Das ist nicht wahr Jade! Das in Nordkorea ist kein Linker, sondern ein Rechter!", behauptete Raudia.

„Ach! Und dein geliebter Sven ist kein Vergewaltiger, sondern ein Opfer der Umstände?", fragte Luise.

„Genau! Er wollte das bestimmt nicht! Ach Emma! Warum hast du ihn getötet?! Er wäre der nächste Ernst Thälmann geworden!", jammerte Raudia.

„Er?! Ein Ernst Thälmann!? Ach halt doch die Fresse Raudia! Thälmann mag ein gottverdammter Kommunist gewesen sein, aber er hat Deutschland geliebt. Für ihn stand Deutschland an erster Stelle; für ihn war Deutschland eine edle und ritterliche Nation. Er wollte auf seinem Irrweg nur das Beste für Deutschland; zumindest das kann man ihm zu Gute halten. Und was wollte dein Sven? Was wollte er? Nach allem was ich durch Emma vorhin und am Tag zuvor von ihm selbst gehört habe, wollte er Deutschland zerstören. Das hätte Thälmann sicherlich nie gewollt. Er würde sich im Grabe umdrehen, wenn er sieht, was aus der heutigen Linken geworden ist. Scheiße waren die Roten schon immer; aber Ihr seid der Abschaum des Abschaums! Habt euch von der US-Hochfinanz kaufen lassen und treibt die Globalisierung voran! Beschimpft jeden als Nazi und Antisemiten der die Globalisierung kritisiert. Ihr seid ekelhaft!", sagte Luise Raudia ins Gesicht.

„Das ist nicht wahr! Wir retten die Welt! Jeden Tag kleben sich unsere mutigen Genossen auf Straßen oder demonstrieren gegen rechts!", wehrte sich Raudia.

„Ihr demonstriert für die Regierung! Für eine Regierung die Deutschlands Wirtschaft an die Wand fährt, die uns mit Massen an Unintegrierbaren überflutet und die gleichzeitig versucht jeden Ausländer abzuschieben, der sich hier positiv einbringt und ein Teil des deutschen Volkes sein will!", klagte Luise an.

„Ja! Natürlich! Wenn die sich hier integrieren werden die doch auch Deutsche! Also auch Nazis! Also müssen wir sie loswerden!"

„Die hat einen Knall", meinte Emma.

„Du musst gerade reden! Du hast doch hier lauter Menschen umgebracht!", schrie Raudia.

Emma richtete ihre Waffe auf sie. „Na und? Du hast doch eben gesagt alle Deutschen wären Nazis. Nun, die meisten meiner Opfer waren Deutsche, zwar auch ein paar die nur Passdeutsche waren, aber egal. Deiner Logik zufolge habe ich doch Nazis umgebracht und da du auch eine Biodeutsche bist, bist du auch ein Nazi. Also dürfte es dir doch nichts ausmachen wenn ich dich töte oder Raudia?", fragte Emma.

„Ich bin kein Nazi! Ich bin Antifaschistin!", schrie Raudia.
„Aber du bist doch eine Deutsche oder?", lautete Emmas
nächste Frage.

„Nein, ich bin eine Weltbürgerin! Ich bin überall zu
Hause!"

„Aber du lebst in Deutschland, deine Eltern haben in
Deutschland ein Vermögen verdient. Du bist hier zur
Schule gegangen, hast hier studiert. Du bist steinreich.
Warum willst du keine Deutsche sein?"

„Weil alle Deutschen Faschisten sind!"

„Aber ist es nicht rassistisch anzunehmen dass alle
Angehörigen eines bestimmten Volkes Faschisten sind?",
fragte Luise.

„Nein! Deutschland ist ein durch und durch rassistisch
infiziertes Land. Ich fand Vaterlandsliebe stets zum
Kotzen und weiß mit Deutschland bis heute nichts
anzufangen!", rief Raudia.

„Warum bist du dann nicht ausgewandert?"

„Eben. Und offenbar weißt du mit Deutschland sehr wohl
etwas anzufangen. Du hasst Deutschland", stellte Luise
fest.

„Ja, was sollte man auch an Deutschland lieben?!"

„Seine Geschichte, seine Kultur, seine Natur. Arminius,
Otto I, Goethe, Schiller, Friedrich den Großen, Bismarck,
Moltke, Roon, Wilhelm I. Meine Namenscousine Königin
Luise", zählte Luise auf.

„Ekelhaft! Hör auf!", schrie Raudia.

„Rommel, von Manstein, Stauffenberg. Hindenburg,
Wilhelm II, Richard Wagner, Joachim Fernau", machte
Luise weiter und grinste dabei.

„Hör auf!"

„Das Schloss Neuschwanenstein. König Ludwig II. Den

Teuteburger Wald, das Lechfeld. Unsere Brüder in Österreich, wie Mozart, Rudolf, Strauß und Franz-Josef. Kaiserin Sissi."

„Nein! Nein! Nein! Das ist alles voll Nazi!", behauptete Raudia.

„Komisch, von den eben aufgezählten Personen hat nie einer eine Frau vergewaltigt. Anders als die echten Nazis, die diese und viele andere schlimme Verbrechen begangen haben. Auch die Nazis haben Gruppenvergewaltigungen begangen; genau wie du und deine Genossen", stellte Luise fest.

„Ich habe aber nicht mit vergewaltigt. Außerdem gibt es im heutigen Deutschland für Vergewaltigungen höchstens Bewährung", verteidigte sich Raudia.

„Tja, das ist etwas was wir dem BRD-System verdanken und was mir ganz und gar nicht gefällt. Aber die müsste das doch am heutigen Deutschland gefallen. Nirgendwo sonst auf der Welt werden Vergewaltiger so milde bestraft wie hier", meinte Luise.

„Ja! Genau! Dann handelt entsprechend und lasst mich leben! Gebt mir Bewährung! Ich meine, wenn ich jemanden aus unserer antifaschistischen Regierung beleidigt hätte, dann hätte ich Strafe verdient, aber doch nicht für eine einfache Vergewaltigung wie sie zweimal am Tag bei uns passiert. Das gehört eben jetzt zu Deutschland."

„Aber Raudia, ich dachte du hasst Deutschland? Warum sollte Emma jetzt wie ein BRD-Richter handeln und dich laufen lassen?", fragte Luise.

„Weil ich euch Geld gebe! Ganz viel Geld! Wäre ich vor Gericht, könnte ich mir einen superguten Anwalt für viel Kohle kaufen! Vielleicht sogar den Richter selbst! Aber hier seid Ihr die Richter! Also bitte! Nehmt jeder 200.000 Euro von mir! Ach was sage ich: 300.000 Euro für jede von Euch! Nur lasst mich laufen! Ich sage auch keinem was von all den Morden. Wir schieben das einfach irgendwelchen Rechten in die Schuhe und dann werden die alle gefallene Helden des Antifaschismus", schlug Raudia vor.

„Tja, blöd nur das ich keine Linke bin Raudia. Ich bin Monarchistin", offenbarte Luise.

„Was?! Du bist ein Nazi?!"

„Nein, eine Monarchistin", korrigierte Luise ganz ruhig.

„Das ist doch dasselbe! Ihr seid alle reaktionär! Faschistisch! Böse! Rechts! Bernd Höcke!"

„Und was bist du? Die Vertuscherin einer Gruppenvergewaltigung. Also reiß dein Maul nicht so weit auf", entgegnete Emma und hielt ihre Waffe an Raudias Schläfe.

„Warte! Meine Familie ist steinreich! 500.000 Euro für jede von Euch!"

„Halt die Fresse."

„600.000 Euro für Jede!"

„Damit kannst du den Teufel in der Hölle kaufen! Wir wollen dein Geld nicht", sagte Emma.

„Nein! Bitte! Ich mache alles was Ihr wollt!", flehte Raudia.

„Gut. Ich will, dass du zur Hölle fährst!", meinte Emma und schoss Raudia in den Kopf.

Dann band sie Raudia los, legte ihr die Waffe in die Hand, schoss damit in den Körper eines der herumliegenden toten Linken und holte anschließend ein Handy aus ihrer Tasche. „Raudias Handy", sagte Emma an Luise gewandt. Sie begann damit zu tippen. „Woher kennst du ihren

Geheimcode?", fragte Luise.

„Er lautet 1234", antwortete Emma.

„Und was tippst du nun?"

„Eine Selbstmord-SMS an ihre Eltern. Darin gesteht sie, dass sie Sven und die anderen ermordet hat, weil Sven sie dauernd betrogen und die anderen sie gedeckt haben. So. Fertig."

Emma hatte dank ihrer Handschuhe keine Fingerabdrücke hinterlassen. Sie drückte Raudias Finger nochmal gegen die Tasten des Handys und steckte es der Toten anschließend in die Tasche. Den bei ihren Taten verwendeten Lippenstift tat sie ebenfalls hinein. „Und was jetzt?", fragte Luise.

„Jetzt hole ich aus der Abstellkammer einen Benzinkanister und zünde das Haus an."

„Und was machen wir dann?"

„Uns nach Drachenfelshausen verdrücken. Wir können ja sagen wir wären mit vier anderen von der Hütte aus losgezogen und dann hätte jemand auf uns geschossen. Also sind wir zwei in den Wald abgehauen und kamen wegen dem Regen nicht mehr vorwärts, sondern nur noch zum Haus zurück. Dort fanden wir dann das brennende Haus vor."

„In Ordnung", stimmte Luise zu.

„Mir ist so als ob ich etwas vergessen hätte", murmelte Emma, während sie mit Luise zur Kammer ging um den Kanister zu holen.

„Ach ja. Was ist mit Mifti? War sie an all dem beteiligt?", fragte Luise.

„Eigentlich nicht. Ich glaube an ihr könnte sich auch jemand vergangen haben. Schlage vor wir schauen mal nach ihr."

„Einverstanden."

Also gingen die beiden erstmal hoch zu Mifti ins Zimmer. Mifti lag bewusstlos auf dem Bett. Emma und Luise trugen sie nach unten. Draußen hatte es inzwischen aufgehört zu regnen. „Die Motorradschlüssel", fiel Emma ein.

Sie packte sie in Raudias Tasche zum Handy. Dann wickelten sie Mifti in einen Regenmantel und trugen sie nach draußen. Luise hielt die Zugedröhnte in ihren Armen, während Emma drinnen das Benzin verteilte. Dann zündete sie alles an, rannte nach draußen und machte sich mit Luise und Mifti auf den Weg in Richtung Drachenfelshausen.

*

Erst spät am Abend erreichten sie die Stadt. Luise einigte sich unterwegs mit Emma auf eine gute Geschichte. Sie erklärte ihr, dass ihre beste Freundin ähnlich drauf war wie Emma und das sie deshalb besser den Kontakt zur Polizei meiden sollte. Außerdem sagte sie ihr ihren richtigen Vornamen. Emma beschloss, nachdem sie die Stadt erreicht hatten, Mifti den Rest des Weges allein zu tragen und der Polizei einfach zu erzählen, dass sie allein den Angriff auf der Straße mit dem Motorrad überlebt hatte und dann die bewusstlose Mifti im Eingangsbereich des Hauses gefunden hatte, gerade als sie zurück kam und das Haus anfing zu brennen.

Luise war damit einverstanden und verabschidete sich von Emma. Kurz bevor sie mit Mifti in den Armen das örtliche

Polizeirevier, welches nahe am Rande der Stadt lag, erreichte, wachte Mifti auf und wunderte sich wo sie waren. „Sei froh, dass du das alles verpennt hast", meinte Emma nur und stützte Mifti, während sie sich in Richtung Revier begaben.

Mifti war zu benebelt um beim Anblick der Uniformierten irgendwas dafür oder dagegen tun zu können.

Luise begab sich zu ihren alten Freundinnen Clarissa und Kassandra, die in der Gegend seit Jahren ihr Ding durchzogen.

Kapitel 3: Die Rache an Kevin

Ein paar Tage später meldete sich Emma bei Luise. Die beiden hatten auf dem Weg nach Drachenfelshausen E-Mailadressen ausgetauscht. Emma bat um ein Treffen und so trafen sie sich in Berlin-Mitte nahe der schönen Museumsinsel. „Tja, schön dich wieder zu sehen Emma. Freue mich das es dir gut geht. Zumal ich dank dir meiner besten Freundin, sobald sie aus Rumänien zurück ist, erzählen kann dass ich den 'Silbenkiller'-Fall gelöst habe", meinte Luise scherzhaft.

„Du hast den Fall doch gar nicht gelöst. Du bist zufällig reingekommen und hast bemerkt das ich der Killer bin. Da kann man wohl kaum von 'lösen' sprechen. Außerdem hast du micht nicht der Polizei verraten; danke dafür nochmal", entgegnete Emma.

„Ach weißt du, nur weil ein Fall gelöst wurde heißt das nicht, dass der Täter verhaftet wird. In vielen Krimis von dem konservativen Autor John Dickson Carr löst der Detektiv zwar den Fall, aber der Täter kommt trotzdem davon."

„Aber gehört zu einem Krimi nicht auch logisches, analytisches Denken? Du bist einfach bloß in einen Raum gekommen und wusstest wer der Täter ist."

„Ja, als ich dich und Raudia gesehen habe, schlussfolgerte ich messerscharf das du die Täterin bist", meinte Luise und lachte.

„Die gefesselte Raudia war ein guter Hinweis für dich, stimmts?", scherzte Emma.

„Sicher. Aber Spaß beiseite. Es ist schön, dass du deine Rache bekommen hast."

„Nicht ganz."

„Wie meinst du das Emma?", fragte Luise.

„Nun, ich musst eine Menge Leute töten um so weit zu kommen, aber einer fehlt mir noch?"

„Wer denn? Bill?"

„Nein, Kevin! Wer ist Bill?"

„War nur eine Anspielung auf zwei Filme. Wer ist Kevin?"

„Kevin ist der eine Kerl, der das letzte Mal dabei war, aber inzwischen nicht mehr zu solchen Ausflügen mit kommt, weil er politische Karriere gemacht hat. Er hat Leibwächter und es ist verdammt schwer an ihn heran zu kommen. Außerdem ist meine Zeit als 'Silbenkiller' inzwischen um; alle Welt berichtet darüber dass Raudia der Killer ist. Ich müsste Kevin also umlegen und es wie Selbstmord aussehen lassen, denn bei einem Mord an einem Politiker würden die Bluthunde der Polizei nicht eher Ruhe geben, bis sie jemanden gefasst haben."

„Klar, wenn ein normaler Durchschnittsdeutscher gekillt wird; das interessiert die Behörden nicht. Besonders wenn der oder die Täter zu einer bestimmten Gruppe gehören. Aber bei einem Politiker ..."

„Du sagst es Luise."

„Also was hast du vor?", fragte Luise.

Emma zuckte mit den Achseln. „Keine Ahnung. Magst du mir vielleicht helfen?"

„Ach ich weiß nicht. Das Leute umlegen ist eigentlich mehr so Honors Ding."

„Ach bitte", bettelte Emma und setzte den Hundeblick ein.

„Hm. Na schön. Ich helfe dir. Zunächst einmal müssen wir Informationen über Kevin sammeln. Wollen wir dafür zu mir oder zu dir gehen?"

„Lieber zu dir. Meine Mitbewohnerin hat sich gerade eine

neue Katze gekauft und muss sie erst eingewöhnen. Wenn da jemand Fremdes in die Wohnung kommt, macht es das Ganze nur komplizierter", meinte Emma.

„Ach ja, Katzen. Katzen sind schon toll. Victor-Marie Hugo sagte einmal: 'Gott schuf die Katze, damit der Mensch einen Tiger zum streicheln hat'", fiel Luise ein.

„Wie süß."

„Und wie wahr", fügte Luise hinzu.

„Also fahren wir zu dir. Toll. Ich freue mich darauf, mal deine Wohnung zu sehen. Auch wenn wir uns noch nicht so lange kennen..."

„Hey, wir haben zusammen einen heftigen Kriminalfall überstanden. Das verbindet."

„Besonders weil eine von uns beiden die Täterin ist", entgegnete Emma.

„Eben. Und jetzt wollen wir gemeinsam ein Attentat durchziehen. Das festigt unsere Freundschaft noch mehr."

„Gemeinsame Attentate, Mordpläne, Katzen; ganz normales Frauenhobbyzeug eben", meinte Emma und lachte.

„Was mir gerade einfällt: Wie geht es eigentlich Mifti?"

„Bekifft wie immer, aber sie überlegt ob sie nicht irgendwann mal einen Entzug machen sollte."

„Na immerhin ist der Gedanke da."

„Aber hey, sie ist zugeballert eigentlich ziemlich glücklich. Und ist es etwa ihre Schuld, dass ihr Leben so sinnlos und leer ist?"

„Zum Teil. Sie könnte sich doch einen Sinn suchen. Ein paar Leute die ich kenne kämpfen wacker gegen die Regierung und für die Wiedereinführung der Monarchie. Mifti könnte auch so etwas in der Art machen", schlug Luise vor.

„Ich kann es ihr ja mal vorschlagen, aber ich kenne ihre Ausreden schon. Von wegen 'Ich kann jederzeit mit den Drogen aufhören; ich will nur nicht'."

„Aber ein Teil von ihr scheint doch zu wollen, oder?"

„Scheint so."

„Erinnert sie sich an irgendwas von dem Blutbad?", fragte Luise.

„Nö. Sie weiß noch, dass sie allen den Mittelfinger gezeigt und auf ihr Zimmer abgedampft ist. Und dass sie sich berauscht hat. Dann erinnert sie sich, wie ich sie in der Stadt herumgetragen habe. Das war's", berichtete Emma.

„Gut."

„Also dann; wollen wir gleich zu dir oder uns vorher noch ein bisschen die Museumsinsel anschauen oder so?"

„Ich war ehrlich gesagt dieses Jahr schon einmal auf der Insel. Aber wenn du möchtest können wir gerne auch erst das machen", bot Luise an.

Emma nickte und so besichtigten die beiden Frauen erstmal gemeinsam die Museumsinsel. Sie besichtigten den Pergamonaltar und das blaue Tor von Babylon.

„Unglaublich das hier einer der größten Feldherren aller Zeiten durchgeritten ist", meinte Emma, während sie mit Luise unter dem Tor durchging.

„Ja. Und es ist auch ein sehr schönes Tor. Wir müssen bloß aufpassen wegen der Farbe; nicht das die Grünen dem Tor vorwerfen Wahlwerbung für die AfD zu machen", scherzte Luise.

Emma kicherte.

Später schauten sie sich noch ein paar ausgestellte Münzen an. Hier war die Bewachung besonders aufmerksam, denn vor einigen Jahren hatte es einen Einbruch gegeben und der Schaden war damals enorm gewesen. Allerdings war der Einbruck nachts passiert, weswegen der Sinn und Zweck einer so genauen Bewachung bei Tag einem irgendwie fraglich erschien.

Nachdem sich Emma und Luise in einem anderen Gebäude auf der Insel noch einige schöne Bilder angeschaut hatten, machten sie sich auf den Weg in Luises Wohnung.

*

Die Fahrt dauerte dank der unpünktlichen BVG eine ganze Weile, aber schließlich erreichten die beiden jungen Frauen ihr Ziel. Luise schloss die Wohnungstür auf und bat Emma herein. Drinnen angekommen setzten sie sich erstmal in die Küche und überlegten ihren nächsten Schritt. „Also Emma. Wie soll Kevin sterben?", fragte Luise.

„Im Idealfall würden wir den Scheißkerl vor seinem Ableben noch foltern, aber eigentlich lege ich darauf keinen allzu großen Wert. Hauptsache wir erledigen ihn."

„In Ordnung. Nur wie verhindern wir, dass seine Leute seinen Tod politisch instrumentalisieren?"

„Gute Frage liebe Luise. Hm..."

Emma überlegte und meinte dann: „Wir könnten seinen Tod als Selbstmord tarnen."

„Ja, das wäre eine Möglichkeit. Wenn das so gemacht wird ... tja, nur müssen wir eben auch dafür sehr nahe an ihn heran kommen. Wird schwierig bei seinen Leibwächtern. Zudem ist er eine Person des sogenannten öffentlichen Lebens. Das heißt, er hat neugierige Idioten, die nichts besseres zu tun haben als tagein tagaus Promis hinterher zu laufen", entgegnete Luise.

„Dann müssen wir Kevin nachts erwischen. Also müssen wir herausfinden wo er wohnt."

„Was im Internet stehen dürfte. Nur müssen wir vorher überprüfen ob das auch stimmt."

„Ja, nur wird seine Wohnung bestimmt auch bewacht. Kamerad dürfte es auch geben", schätzte Emma.

„Dann vielleicht auf einer öffentlichen Veranstaltung. Wenn er mal auf's Klo geht folgen wir ihm und legen ihn um. In der Klokabine lassen wir es dann wie Selbstmord aussehen", schlug Luise vor.

„Mann, das alles ist viel schwieriger als meine Aktion bei Drachenfelshausen", stöhnte Emma genervt auf.

„Schon, aber da hast du doch auch alle geplant oder?"

„Mehr oder weniger. Habe Waffen und so im Wald versteckt und Wahrscheinlichkeiten durchdacht. Nur waren da eben keine Leibwächter und Kameras im Spiel", erklärte Emma.

„Dabei fällt mir ein: Wir sind zwei Frauen; wie kommen wir auf's Herrenklo?"

„Wie behaupten einfach, wir identifizieren uns als Kerle."

„Das würde theoretisch sogar gehen; immerhin glauben die Roten so etwas. Aber praktisch werden seine Leibwächter auch keine zwei Männer auf's Klo lassen, solange ihr Boss in einer der Kabinen ist", fiel Luise ein.

„Da ist was dran. Ja, ist schon gut das wir das alles so genau durchplanen", meinte Emma.

„Also müssten wir eine öffentliche Veranstaltung finden an der er teilnimmt. Das dürfte mit Hilfe der Medien, besonders der sozialen Medien, machbar sein. Wir müssten uns tarnen, indem wir uns die Haare färben und so. Ein paar falsche Nasenringe die keine echten Löcher hinterlassen könnten auch helfen."

„Gar keine üble Idee."

„Nur selbst wenn die Veranstaltung öffentlich ist, kommen wir ohne Anmeldung nicht hinein."

„Wir könnten auf die falschen Ringe verzichten und uns als Personal verkleiden. So tun als ob wir dort arbeiten", schlug Emma vor.

„Gut, das könnte klappen", stimmte Luise erstmal zu.

„Trotzdem bleibt das Problem, wie wir auf der Veranstaltung zur selben Zeit auf's Klo kommen wie Kevin", gab Emma zu bedenken.

„Ja, da ist der Wurm drin."

„Die Leibwächter sind halt im Weg", murrte Emma.

„Schon, aber was wenn wir die Leibwächter wären?"

„Wie jetzt?"

„Na wenn wir Kevins Leibwächter wären, hätten wir jederzeit Zugang zu ihm."

„Schon, aber wie sollen wir das anstellen?"

„Zunächst einmal müssten wir herausfinden welche Sicherheitsfirma Kevin bewacht. Dann besorgen wir uns falsche Identitäten und bewerben uns dort..."

Emma unterbrach Luise: „Die sind bestimmt sehr genau beim Überprüfen jedes angenommenen Bewerbers. Mit gefälschten Dokumenten kommt man da sicherlich nicht weit."

„Hm. Tja, dann müssen wir Kevins Leibwächter entführen und uns als sie verkleiden. So wie es Kaito Kid ja auch gerne mal macht. Oder Chris Vineyard."

„Ach Luise. Dafür bräuchten wir einen richtig guten Maskenbildner. Einen Profi, der so gut ist das Kevin keinen Unterschied merkt und der Masken herstellt, die auch eine ganze Weile halten. Außerdem müssten wir dann vorher Kevins Leibwächter aus dem Weg schaffen; das heißt nicht unbedingt umlegen, das heißt aber auch nicht unbedingt nicht umlegen..."

„Und dafür müssten wir widerum an Kevins Leibwächter herankommen. Oh je, wir wir es auch drehen und wenden; die Sache hat immer einen Haken", meinte Luise.

„Und wenn wir, sobald eine Veranstaltung ansteht, einfach als Personal verkleidet hineinschleichen und dann bei Gelegenheit durch die Lüftungsschächte krabbeln, zu Kevin auf's Klo kommen und ihn dort umlegen?"

„Dafür bräuchten wir Pläne der Schächte. Und was wenn die infrage kommenden Veranstaltungsgebäude gar keine so großen Lüftungsschächte haben?", fragte Luise.

„Guter Punkt."

„Ach das ist alles so schwierig. Wäre Honor hier, würde sie einfach zu dem Typen hingehen, auf dem Weg dahin seine Leibwächter schlachten und ihm das Herz herausreißen."

„Warum rufen wir deine Freundin Honor dann nicht an und bitten sie um Hilfe?", schlug Emma vor.

„Daran habe ich auch schon gedacht, aber heutzutage werden doch alle Telefone überwacht und wenn man ein falsches Wort sagt, klingelt sofort der Staatsschutz bei einem", entgegnete Luise.

„Habt Ihr denn keine Geheimcodes vereinbart? Irgendwas was Ihr am Telefon für 'Mord begehen' sagen könnt? Zum Beispiel 'Nudeln essen' oder so?", fragte Emma.

„Das wäre vor ihrem Urlaub sehr nützlich gewesen. Hätten wir tatsächlich mal vereinbaren sollen", stimmte Luise zu.

„Hach, ihn einfach so umzulegen ohne auf die Folgen zu

achten wäre schon besser. Aber dann wird er für seine Genossen ein Held."

„Und wenn wir ihm eine Falle stellen? Wenn wir ihn erstmal erpressen und ihn anonym anschreiben. Von wegen 'Wir wissen was du letzten Sommer getan hast! Komm zum Hafen und zahle uns 10.000 Euro sonst...' Was hälst du davon?"

„Da besteht das Risiko, dass er die Polizei ruft. Oder seine Leibwächter hinschickt", befürchtete Emma.

„Was wenn wir jemanden entführen der ihm wichtig ist und ihm sagen: 'Entweder du begehst Selbstmord oder wir legen ihn um'?", schlug Luise vor.

„Wow, das wäre richtig böse."

„Sagt das Mädchen, das etliche Menschen umgelegt hat."

„Guter Punkt. Aber ich habe niemand Unschuldigen gekillt und möchte auch keinen Unschuldigen entführen. Außerdem ist Kevin niemand wichtig; außer er selbst natürlich", wandte Emma ein.

„Irgendwie kommen wir nicht weiter. Warum jagen wir ihn nicht einfach mit seiner ganzen Partei in die Luft?! Dann könnten seine Leute das auch nicht mehr politisch ausschlachten!", rief Luise genervt aus.

„Luise, das ist es! Wir jagen ihn mit seiner ganzen Bande hoch! Tolle Idee! Los, schauen wir uns mal seine Parteizentrale an. Wann er mal dort ist kann man bestimmt bei seinem twitter-Account nachlesen; aber erstmal sollten wir uns ein Bild von der Zentrale machen", fand Emma. Also sahen die beiden hübschen jungen Frauen im Netz nach. Dazu begaben sie sich zum Laptop ins Wohnzimmer.

*

Ein paar Minuten später schlurften sie enttäuscht in die Küche zurück. „Die Zentrale ist zu groß. Wir bräuchten Massenhaft Sprengstoff um sie hochzujagen. Außerdem würde es ewig dauern, um einen Tunnel da unten drunter zu graben und das Zeug zu platzieren", sagte Luise enttäuscht.

„Ich weiß. Unnötig das du es mir noch mal sagst", erwiderte Emma gereizt.

„Ach komm. Sei nicht so biestig."

„Tut mir leid. Es ist nur so frustrierend, dass wir hier einfach nicht weiter kommen. Warum gibt es keinen Sprengstoff mit dem man einen ganzen Häuserblock hochjagen kann und der leicht transportierbar ist und von dem kleine Mengen reichen."

„Mir würde da schon einer einfallen, nur ist der flüssig und sowohl Hitze als auch Erschütterungen lassen ihn hochgehen. Zu risikoreich für uns. Außerdem ist er teuer und für normale Leute schwer zu erhalten. Bei Dynamit wüsste ich immerhin wo wir welches klauen könnten", meinte Luise.

„Also können wir den Plan mit seiner Parteizentrale vergessen. Was machen wir jetzt?", fragte Emma geknickt.

„Gute Frage. Eine sehr gute Frage. Eine Frage, die eine Antwort verdient."

„Aber du hast keine!"

„Genau", antwortete Luise.

„Verdammt!"

Genervt ballte Emma die Faust, während Luise überlegte: „Was wenn Kevin irgendwelche Hobbys hat? Etwas wobei er draußen unterwegs ist und wo man ihn vielleicht abfangen könnte. Mittelalterrollenspiele oder so was; wo ihm ein 'Unfall' mit einem Schwert passieren könnte."

„Hat er meines Wissens nicht. Und selbst wenn würden ihn seine Leibwächter auch dort hin begleiten."

„Ja, aber bei so etwas fällt eine Stichwaffe nicht weiter auf", meinte Luise.

„Natürlich nicht. Und auch ein Armbrustschuss kann ja mal daneben gehen. Aber er hat keine Hobbys in dieser Art."

„Hat der Mistkerl überhaupt irgendwelche Hobbys?", fragte Luise.

„Gute Frage. Eine sehr gute Frage. Eine Frage, die eine Antwort verdient", meinte Emma.

„Aber diesmal hast du keine", bemerkte Luise und grinste wieder ein bisschen.

„Richtig."

„Aber vielleicht können wir im Netz eine Antwort finden", schätzte Luise.

Also gingen sie wieder zurück ins Wohnzimmer und begannen damit die sozialen Medien zu durchsuchen. Kevin (oder eventuell auch einer seiner Angestellten; das konnte man ja nie genau wissen) postete viel Zeug über Politik, bei dem Luise angeekelt ihren Blick abwandte. In einem Post bejubelte er, dass irgendwelche Linken im US-Kongress einen Schwulenporno gedreht hatten, in einem anderen beklatschte er den Aufbau eines Denkmals für Drogendealer in einem Berliner Park.

Luise war von allem was Kevin so trieb angewidert. Emma ging es offenbar ähnlich. Nach einer halben Stunde entgegnete Emma: „So langsam reicht es. Der Kerl interessiert sich nur für seine scheiß Politik! Zum Kotzen!"

„Du kanntest ihn doch persönlich. Ist dir da mal etwas aufgefallen?", fragte Luise.

„Nein. Wenn es so wäre, hätte ich es dir längst gesagt. Als ich ihn noch kannte gab es für ihn auch nur seine Politik. Vor allem wollte und will er noch immer jeden mit einer anderen Meinung am liebsten ins Lager stecken."

„Ein echter Scheißkerl."

„Ja, nur wie kommen wir an den Scheißkerl heran?", fragte Emma.

„Das ist die 1.000.000 Euro Frage", stellte Luise fest.

„Wenn es da doch eine Möglichkeit gäbe, aber ... Halt! Was ist das?!", rief Emma aus und zeigte auf einen Post von Kevin.

„Sieht nach einem Brettspiel aus", diagnostizierte Luise auf den ersten Blick.

„Du hast recht", bestätigte Emma.

„Aber ein sehr komisches Brettspiel", stellte Luise fest.

„Allerdings."

Offenbar war Kevin ein Fan des Brettspiels „Stalin". „Was zur Hölle soll das denn sein?", fragte Emma.

Luise schaute im Netz nach. „Offenbar wird hier der zweite Weltkrieg nachgespielt. Es treten immer zwei bis vier Spieler gegeneinander an. Gewinner ist, wer am Ende alle anderen Staaten erobert hat. Man spielt entweder als der Namensgeber Stalin, als Hitler, als Roosevelt oder als Churchill. Nur spielen eben alle gegen einander. Okay ... also für mich klingt das nach einem billigen Abklatsch von dem Brettspiel 'Friedrich' wo man u.a. als Friedrich der Große den siebenjährigen Krieg durchkämpfen kann", stellte Luise fest.

„Da dürftest du recht haben. Ich kenne weder das eine noch das andere Brettspiel, aber ich glaube dir das mal ungesehen. Auf alle Fälle scheint Kevin ein Fan von 'Stalin' zu sein."

„Wundert mich nicht."

„Die Frage ist wie wir das ausnutzen könnten?"

„Tja Emma; bei dem 'Friedrich'-Spiel gab es Turniere. Vielleicht gibt es die beim Abklatsch ebenfalls", überlegte Luise.

Also schauten sie im Internet nach. „Ja! Jackpot! Es gibt tatsächlich ein Turnier! Einmal im Jahr", freute sich Emma.

„Prima. Wann findet es statt?"

„Soweit ich das sehe jedes Mal an einem Wochenende. Es steht jedenfalls vor allen Daten 'Samstag' davor."

„Sehr gut. Das kommt mir beruflich sehr entgegen. Bei der Arbeit im Krankenhaus kann man sich ja nicht ständig 'krank' melden", meinte Luise und lächelte.

„Das stimmt."

„Vielleicht erwischen wir Kevin dort. Schauen wir mal nach dem Veranstaltungsort."

Luise und Emma suchten weiter im Netz und es war jedes Jahr das gleiche Hotel. „Tja, jetzt bräuchten wir nur noch so etwas wie Pläne von deren Lüftungsschächten oder so. Müssten im Grundbuchamt liegen. Oder in einer ähnlichen Behörde; keine Ahnung."

„Oder wir schauen einfach mal im Netz nach", schlug Emma vor.

„Gute Idee. Machen wir es erstmal so", stimmte Luise zu. Tatsächlich stießen sie wenige Minuten später auf Baupläne. „Toll! Der Architekt des Gebäudes gibt auf seiner Webseite voll damit an", freute sich Luise.

„Super!"

Also sahen sich die beiden Frauen auf der Webseite ganz

genau um.

Einige Zeit später hatten sie die Pläne sehr gut im Kopf. Sie überprüften noch die Webseite des Hotels und analysierten was für Kleidung das Personal trug. Außerdem forschten sie nach wann genau das Turnier stattfand. Als sie fertig waren meinte Luise: „Also. Morgen kaufen wir uns die Kleidung des Hotelpersonals und dann können wir bald den Kevin killen."
„Die Frage ist nur wann der Mistkerl auf's Klo geht?"
„Das kriegen wir schon mit. Wir behalten ihn im Auge und sobald es so weit ist geht es von einer nahe der Klos befindlichen Besenkammer aus in die Schächte. Das dauert keine zwei Minuten. Wir gehen rein, legen ihn um und verduften wieder, nachdem wir es wie Selbstmord haben aussehen lassen."
„Gut, nur was ist wenn er kein großes Geschäft erledigen muss?"
„Verdammt! Dann ist er fertig bevor wir ihn erreichen", schlussfolgerte Luise.
„Und dann ist unser Plan für die Katz."
„Miau."
„Also was machen wir dann?"
„Dann hat es eben nicht geklappt und wir überlegen uns etwas anderes. Aber erstmal bleiben wir bei dem Plan. Ach ja, nicht vergessen: Perrücken benötigen wir auch noch."
„Richtig Luise."
„Gut, aber den logistischen Kram machen wir morgen.

Also; willst du noch bleiben und etwas Musik hören oder schon heim gehen?"

„Ich bleibe noch ein wenig. Ist ja noch hell draußen", meinte Emma.

„Super. Was würdest du gerne hören?"

„Am liebsten ein Lied das Kevin hassen würde", sagte Emma grinsend.

„Also etwas Antikommunistisches. Okay, kein Problem", entgegnete Luise und suchte aus dem Netz das Freikorpslied „Durchs Gebirge, durch die Steppe" heraus, um es sogleich abzuspielen:

„Durchs Gebirge, durch die Steppe
zog die weiße Division.
Zu befreien die Stanitzen
von der roten Rebellion.
Zu befreien die Stanitzen
von der roten Rebellion.

Durch den Schnee, der weiß wie unsere Fahne,
zogen wir nach Ataman.
Treu dem Schwur, das Vaterland zu retten,
Weißgardisten vom Kuban.
Treu dem Schwur, das Vaterland zu retten,
Weißgardisten vom Kuban.

Tod und Not und bittere Jahre
zogen einst durchs Vaterland,
das Urräh der Partisanen
aus der Steppe längst verschwand.
Das Urräh der Partisanen,
aus der Steppe längst verschwand.

Klingt es auch wie eine Sage,
muss es doch die Wahrheit sein:
Wladiwostok ist gefallen,
Weißgardisten ziehen ein.
Wladiwostok ist gefallen,
Weißgardisten ziehen ein.

Und so jagten wir die roten Horden,
Towaritsch und Kommissar,
erst wenn Russland frei geworden,
dienen wir dem neuen Zar.
Erst wenn Russland frei geworden,
dienen wir dem neuen Zar."

„Tolles Lied", lobte Emma am Ende des Songs.
„Ja, finde ich auch. Möchtest du noch eins hören?", fragte
Luise.
„Klar, gerne."
Also suchte Luise ein weiteres schönes Lied heraus. Sie
entschied sich für „Was ist des Deutschen Vaterland" von
Ernst Moritz Arndt:

„Was ist des Deutschen Vaterland?
Ist´s Preussenland, ist´s Schwabenland?
Ist´s, wo am Rhein die Rebe blüht?
Ist´s, wo am Belt die Möwe zieht?
O nein! nein! nein!
Sein Vaterland muss grösser sein!

Was ist des Deutschen Vaterland?
Ist's Bayerland, ist's Steierland?

Ist's, wo des Marsen Rind sich streckt?
Ist's, wo der Märker Eisen reckt?
O nein! nein! nein!
Sein Vaterland muss grösser sein!

Was ist des Deutschen Vaterland?
Ist's Pommerland, Westfalenland?
Ist's, wo der Sand der Dünen weht?
Ist's, wo die Donau brausend geht?
O nein! nein! nein!
Sein Vaterland muss grösser sein!

Was ist des Deutschen Vaterland?
So nenne mir das grosse Land.
Ist's Land der Schweizer, ist's Tirol?
Das Land und Volk gefiel mir wohl
doch nein! nein! nein!
Sein Vaterland muss grösser sein!

Was ist des Deutschen Vaterland?
So nenne mir das grosse Land.
Gewiss, es ist das Österreich
an Ehren und an Siegen reich?
O nein! nein! nein!
Sein Vaterland muss grösser sein!

Was ist des Deutschen Vaterland?
So nenne endlich mir das Land!
So weit die deutsche Zunge klingt
und Gott im Himmel Lieder singt,
das soll es sein!
das, wackrer Deutscher, nenne dein!

das nenne dein!

Das ist des Deutschen Vaterland
wo Eide schwört der Druck der Hand,
wo Treue hell vom Auge blitzt
und Liebe warm im Herzen sitzt.
das soll es sein!
das, wackrer Deutscher, nenne dein!
das nenne dein!

Was ist des Deutschen Vaterland
wo Zorn vertilgt den welschen Tand
wo jeder Frevler heißet Feind
wo jeder Edle heißet Freund
Das soll es sein, das soll es sein
das ganze Deutschland soll es sein!

Das ganze Deutschland soll es sein!
O Gott vom Himmel, sieh darein!
Und gib uns rechten deutschen Mut
dass wir es lieben treu und gut!
Das soll es sein!
Das soll es sein!
Das ganze Deutschland soll es sein!"

„Noch ein Lied über das Kevin sich ärgern würde. Die
Worte 'Deutsch' und 'Vaterland' kommen sehr oft vor. Man
könnte damit eine regelrechte Teufelsaustreibung bei ihm
abziehen", meinte Emma scherzhaft.
„Soll ich noch ein paar Lieder abspielen?", fragte Luise.
„Sicher", stimmte Emma zu und so verbrachten sie die
nächsten Stunden mit schöner Musik.

Am darauffolgenden Tag trafen Emma und Luise ihre Vorbereitungen für den Plan gegen Kevin. Sie kauften fleißig ein, sahen sich auch in der Gegend rund um das Hotel um, da man seine Umgebung stets genau kennen sollte und überprüften noch mal im Netz ob die geplante Veranstaltung nicht inzwischen abgesagt worden war. Einige Zeit später kam der große Tag. Die beiden jungen Frauen spazierten in ihren Verkleidungen in das Hotel hinein und begaben sich zum Ort des Geschehens. Etwa 50 Fans des „Stalin"-Spiels waren anwesend und bereit gegen einander zu spielen. Bei genauerem Durchzählen stellte Luise fest, dass es 64 Kerle waren. Das passte, da man ja jeweils zu Viert gegen einander spielte. Luise hatte sich zuvor das 160,00 Euro teure Brettspiel noch einmal im Internet angesehen und nüchtern festgestellt, dass das nichts für sie war. „Geldverschwendung", hatte sie gemurmelt.

Nun waren sie in den Räumlichkeiten und bemerkten nach einiger Zeit auch ihr Ziel. Kevin saß an einem Tisch und spielte gegen irgendwelche Typen. Das Turnier hatte mit einem Gong begonnen und jeder Spieler wusste was zu tun war. Emma und Luise schnappten sich jeweils ein Tablett mit vollen Gläsern und spazierten unauffällig herum. Ab und an nahm ihnen jemand ein Glas ab, aber ansonsten nahm niemand Notiz von den Bediensteten. Luise begab sich vorsichtig in die Nähe von Kevin und stellte fest, dass Kevin auf dem Spielbrett fertig gemacht wurde. Deutschland, die USA und Großbritannien hatten sich gleich zu Anfang gegen einander verbündet. *Die perfekte Gelegenheit um einem Politiker ganz legal in die Fresse zu hauen*, dachte einer der drei Gegenspieler über Kevin.

Die anderen beiden dachten genauso. Sie alle kannten Kevin noch vom letzten Mal und hassten ihn. Sie wollten ihn schlagen, aus dem Turnier werfen und dann das Ding unter sich ausmachen. Vor einer Niederlage auf dem Spielbrett konnten ihn auch seine Leibwächter nicht beschützen. *Verdammt. Wenn er verliert und so früh aus dem Turnier fliegt, geht er bestimmt nicht mehr auf's Klo und wir können ihn nicht töten*, befürchtete Luise.

Kevin dachte währenddessen an ganz andere Dinge: *Ihr drei Mistkerle. Ihr habt euch gegen mich verbündet. Wartet nur. Selbst wenn ich hier verliere; ich finde eure Namen heraus und dann ruhiniere ich eure Leben. Über meine Kontakte schicke ich euch die Behörden ins Haus; irgendein Vorwand findet sich immer. Ich lasse euch das Bürgergeld streichen, die Miete erhöhen; eure Nebenkosten werden so hoch steigen, dass man ihre Spitze nur noch mit einem Fernglas sehen kann. Ich mache euch fertig. Ich vernichte euch. Ihr werdet büßen wenn ich das hier wegen eurem bescheuerten Bündnis verliere.*

Voller Hass würfelte Kevin und schaffte es durch einen guten Wurf tatsächlich zwei Armeen seiner Gegner zu besiegen. Er drang mit seiner roten Armee auf deutsches Gebiet vor, wurde aber ruck zuck zurückgeworfen. *Wie kann das sein? Ich bin viel klüger und mächtiger als diese drei Penner. Wer sind die denn schon? Ich habe Macht. Politische Macht. Die sollten vor mir auf die Knie fallen und mich anbeten. Wie können die es wagen? Diese*

Schweine. Diese Ratten. Dafür werden die büßen, sobald das Turnier vorbei ist, plante Kevin seine Rache.

Da erklang ein Signal. „Pause für fünf Minuten!" rief die Stimme des Spielleiters.

Kevins Gegner standen auf und vertraten sich die Beine. An seine Leibwächter gewandt flüsterte Kevin: „So geht das nicht weiter. Tötet zwei von denen."

Die beiden Leibwächter nickten. Luise hatte noch immer in der Nähe gestanden und meinte sich verhört zu haben. *Das kann ja wohl nicht wahr sein. Der will einen Doppelmord begehen lassen, nur wegen einem Brettspiel. Und wohin wollen die Leibwächter die Leichen verschwinden lassen?*, überlegte die Frau.

Rasch folgte sie den beiden Leibwächtern. Nun hieß es improvisieren. Sie hatte ja nicht ahnen können, dass die Leibwächter genau solche Dreckssäcke wie Kevin waren. Schnell winkte sie Emma zu sich und gemeinsam folgten sie den Leibwächtern. Diese widerum folgten zweien der Spieler auf's Klo. Emma und Luise liefen hinter her, während Luise schnell erklärte: „Kevin will die beiden ermorden lassen."

Sie wollten es verhindern, kamen aber zu spät. Die beiden Typen hatten Kevins Gegenspielern bereits die Häuse umgedreht. Und nun waren Emma und Luise Zeuginnen des Doppelmordes, weswegen die Leibwächter auf sie zu stürzten. Schnell zogen die beiden Frauen ihre Messer und rammten sie Kevins Handlangern in die Brust. Sie stießen fest zu und töteten die beiden Killer noch bevor ihre gigantischen Klauen ihre Hälse erreichen konnten. Dann schleiften sie die Mörder nach einander in jeweils eine Klokabine und legten ihre Opfer dazu. Sie platzierten die Hände der Opfer noch schön an den Messern in den

Herzen der Täter, sodass es aussah als hätten die Toten in Notwehr gehandelt. Im Anschluss verriegelten sie die Klotüren mit einer Münze von außen. „Wie hätten die Kerle ihre Opfer aus dem Hotel geschafft?", wunderte sich Emma.

„Keine Ahnung. Vielleicht hätten sie die Toten im Lüftungsschacht versteckt und später irgendwie rausgetragen. Eventuell zusammengerollt in einem Teppich oder in großen Taschen. Ich weiß es nicht, Emma. Aber wenn sie die beiden im Lüftungsschacht versteckt hätten, wäre dieser für uns als Durchgangsweg ausgefallen."

„Schon klar. Was machen wir jetzt?"

„Erstmal wieder zu Kevin."

„Wird er sich nicht wundern wo seine Wachposten bleiben?", fragte Emma.

„Vielleicht. Vielleicht wird er sich aber auch denken, dass sie die Leichen beseitigen. Immerhin hat er ihnen einen Befehl gegeben und den haben sie ausgeführt. Nun müssen sie aus seiner Sicht natürlich die Spuren verwischen und so weiter..."

„Klingt logisch."

„Wirklich?"

„Nein. Nichts daran ist logisch. Er lässt zwei Morde begehen und das nur wegen einem Brettspiel."

„Aber Emma. Du willst ihn auch töten."

„Ja, weil er ein Monster ist. Ein irrer Vergewaltiger. Sag mir das ich Unrecht habe! Welcher normale Mensch lässt zwei Menschen wegen einem Spiel killen?", fragte Emma.

„Gut, da hast du recht. Also los; gehen wir."

Emma und Luise begaben sich wieder in den Großraum mit den vielen Spielern. Kevins zwei Rivalen waren nicht wieder gekommen und der Spielleiter hatte das als „Die haben wohl aufgegeben" gewertet.

Nun war Kevin in der Offensive. Gegen den Typen der Deutschland spielte hatte er gute Karten. Er überrannte ihn regelrecht, bis sein Gegner plötzlich unglaubliches Glück hatte. Mehrmals hinter einander würfelte er eine Zwölf. Immer wieder und wieder. Er schlug eine Armee Kevins nach der anderen, bis er vor Moskau stand. „Was?! Wie ist das möglich?!", rief Kevin nun entsetzt aus.

Dann würfelte Kevins Gegner wieder und siegte. Kevins rote Armee war vernichtet, seine Hauptstadt gefallen. Er hatte verloren. „Nein!", schrie Kevin, warf das Spielbrett um und rannte stinksauer hinaus.

Luise und Emma folgten ihm unauffällig. Der Spielleiter erklärte Kevins Gegner zum Sieger, wodurch dieser eine Runde weiter war. Wutschnaubend stampfte Kevin in Richtung Fahrstuhl. Da ihm dieser nicht schnell genug kam nahm er die Treppe. Emma und Luise folgten ihm. In der Hotellobby telefonierte Kevin und schrie ins Telefon: „Warum geht keiner von euch Pennern ran?!"

Offenbar rief er seine Leibwächter an. Dann telefonierte er erneut. Diesmal mit seinem Fahrer. „Mist. Wenn er jetzt weg fährt kommen wir nicht an ihn heran", flüsterte Emma.

„Ich weiß, aber die Lobby ist voller Leute. Wir können nichts tun", flüsterte Luise zurück.

Kevin schimpfte noch ein paar Mal auf das „Scheißspiel", bis dann sein Fahrer mit einem schicken, teuren, vom Steuerzahler zwangsfinanzierten Wagen auftauchte.

Kevin verließ das Hotel, während ihm Emma und Luise genervt hinter her schauten. „Tja, das war wohl nichts", stellte Luise fest.

„Richtig. Hauen wir ab", stimmte Emma zu.

Sie verließen das Hotel, gingen ein paar Straßen und zogen sich in einer Seitengasse so schnell wie möglich um. „Immerhin sind seine beiden Leibwächter tot", fasste Emma zumindest einen Erfolg dieses Tages in kostbare Worte.

„Ja, aber er wird sich Neue besorgen", wandte Luise ein.

„Neue die aber vielleicht nicht so auf seine mörderischen Bedürfnisse abgerichtet sind wie die Typen von eben", meinte Emma.

„Kann gut sein."

„Und bei den beiden gekillten Wächtern wird er denken sie sind bei seinem Auftrag umgekommen, als ihre Opfer sich wehrten."

„Stimmt."

„Könnte also sein das Kevin der Polizei bald ein paar Fragen beantworten muss", überlegte Emma.

„Oder er lässt das seinen Anwalt machen. Schließlich ist er Politiker. Von daher kann es ganz gut sein, dass er nie mit einem Polizisten reden muss. Zumal er ja kein normaler Bürger ist der einen Strafzettel nicht bezahlt oder die GEZ verweigert hat. Er ist ein Politiker, der zwei Morde zu verantworten hat; die werden ihn nie schnappen. Wahrscheinlich befragen sie ihn nicht mal. Immerhin werden von Ramstein aus andauernd überall auf der Welt Morde begangen und keinen Polizisten oder Staatsanwalt interessiert es", meinte Luise.

„Da ist was dran. Ein Grund mehr, dass wir uns Kevin schnappen", entgegnete Emma.

„Aber für heute geben wir es auf."

„Ja, wir müssen uns einen anderen Plan ausdenken", stimmte Emma Luise zu.

„Gut, dann geben wir nur in Sachen Durchführung erstmal auf und kehren zu den theoretischen Überlegungen zurück."
„Am besten bei dir daheim."

Kapitel 4: Die Rache an Kevin – Zweiter Versuch

Emma und Luise begaben sich erstmal zurück zu Luises Wohnung. Dort wollten sie weitere Pläne schmieden. „Es kann doch nicht sein, dass wir nicht an diesen Saukerl herankommen!", fluchte Emma.

Seit Stunden suchten sie nun schon im Netz nach einer Möglichkeit. Nach irgendeiner Veranstaltung oder einem Treffen zu dem Kevin gehen würde. Aber da war nichts.

„Wie kann der Kerl so scheiße faul sein?! Der ruht sich auf seinem gut betuchten Pöstchen aus und geht nicht einmal zu Parteiveranstaltungen. Wie ist er bei so wenig innerparteiischem Engagement überhaupt so schnell aufgestiegen?", fragte Luise.

„Seine Familie hat Geld wie Heu. Die dürften die entsprechenden Politiker für Kevins Aufstieg geschmiert haben", antwortete Emma.

„Und woher haben die das Geld?"

„Sind immer brav mit dem Strom geschwommen. Als die Nazis an der Macht waren, waren sie stramme Nazis. Als die SED regierte waren sie stramme Kommunisten. Und jetzt sind sie stramme Wokeisten oder meinetwegen Genderisten", entgegnete Emma.

„Kommen wir vielleicht an Kevin heran, wenn er sich mit seiner Familie trifft?", fragte Luise.

„Ich denke nein. Als er noch studiert hatte, meinte er er würde seine Familie hassen."

„Immerhin etwas was er und ich gemeinsam haben. Dieses machtgeile Mitläuferpack ist mir auch zuwider", entgegnete Luise angeekelt.

„Deswegen hasst er sie aber nicht. Er hasst sie, weil sie

ihm Inzest mit seiner Schwester verboten haben."
„Igitt!"
„Na ja, du weißt doch in welcher Partei er Mitglied ist",
erinnerte Emma.
„Schon klar, aber trotzdem: Würg!"
„Auf alle Fälle ist seine Familie keine Möglichkeit um an
ihn heran zu kommen."
„Nur was machen wir dann stattdessen?", fragte Luise.
„Keine Ahnung. Ich bin da genauso schlau wie du."
„Ich denke mal wir können lediglich das Internet in
Sachen Kevin im Auge behalten und auf eine günstige
Gelegenheit warten", schätzte Luise.
„Scheint so als ob das die einzige Möglichkeit wäre",
stimmte Emma zu.
„Gut und was machen wir jetzt?"
„Also ich fahre erstmal nach Hause und ruhe mich aus.
Das war ein anstrengender Tag", entgegnete Emma.
„Alls klar. Dann erhol dich gut", sagte Luise und umarmte
Emma zum Abschied.

*

Ein paar Tage später meldete sich Luises beste Freundin
Honor Blood mal wieder bei ihr. Luise konnte ihr freilich
am Telefon nicht erklären was los war, weswegen die
beiden Frauen es bei einer oberflächlichen Unterhaltung
beließen.
Im Anschluss besuchte Luise kurz mal ihre Eltern und
machte sich danach daran im Internet etwas über Kevin
nach zu forschen. Dabei stieß sie auch auf einen kurzen

Artikel über die vier Toten im Hotel. Die Polizei hatte es als Doppel-Doppelmord abgetan; ihr zufolge hatten sich die vier Typen gegenseitig gekillt. Das die zwei Täter Kevins Leibwächter waren wurde in der Systempresse natürlich mit keinem Wort erwähnt. „Ob die anderen Spieler vom Turnier ahnen das Kevin hinter dieser Sache steckt?", fragte sich Luise.

Im Internet deutete nichts darauf hin; keinerlei Gerüchte. Ein paar Typen aus der Brettspieltruppe trauerten um die Getöteten, aber wer die Täter waren und für wen sie arbeiteten wurde auch dort irgendwie mit keinem Wort erwähnt. „Entweder wissen sie es nicht oder sie halten absichtlich dicht, weil sie befürchten sonst die Nächsten zu sein", schlussfolgerte Luise.

Dann erfuhr sie, dass im selben Hotel in zwei Wochen ein Turnier zu Ehren der beiden Getöteten stattfinden würde. „Hm. Ob Kevin zu dem Turnier kommt?", überlegte Luise.

Dann winkte sie ab. „Nein! So blöd kann er ja nicht sein. Zu einem Turnier gehen, wo um zwei Typen getrauert wird, die er ermorden ließ. Niemand ist so dumm."

Dann fiel ihr ein in welcher Partei Kevin Mitglied war. „Gut, vielleicht ist er tatsächlich doch so dumm. Ich sollte mit Emma Kontakt aufnehmen... obwohl, wäre das nicht für uns zu gefährlich? Immerhin waren wir auch am Tatort. Was wenn uns jemand in unseren Verkleidungen gesehen hat? Was wenn dieser Jemand uns wieder erkennt? Können wir dieses Risiko eingehen?"

Luise entschied: Ganz klar nein!

Trotzdem verabredete sie ein Treffen mit Emma; vielleicht konnte man das Turnier ja doch irgendwie für die Umsetzung der eigenen Pläne nutzen?

*

Als Emma Luises Wohnung betrat, freute sie sich sichtlich ihre Freundin wieder zu sehen. Nach einer herzlichen Begrüßung schauten sie sich gemeinsam alle Informationen über das Turnier an. Wieder sollte es an einem Samstag stattfinden; nur diesmal stand dort etwas von Polizeischutz. „Verdammt!", fluchte Emma.
„Eigentlich hätten wir damit rechnen müssen. Beim letzten Spielenachmittag dieser Leute wurden vier Menschen getötet. Natürlich gibt es jetzt Polizeischutz", murrte Luise.
„Und was machen wir jetzt?", fragte Emma.
„Wir können ihn schlecht auf der Veranstaltung erwischen. Besser wäre es, ihm nach der Sache zu folgen. Sofern er überhaupt kommt, aber so irre wie er ist taucht er bestimmt auf."
„Also irgendwie ist mir nicht ganz wohl bei der Sache."
„Wie meinst du das, Emma?"
„Was wenn die Polizei verschärfte Sicherheitskontrollen durchführt? Was wenn sie von jedem der hineinkommt den Personalausweis sehen möchte? Was wenn das auch für Bedienstete gilt? Dann sind wir erledigt. Und wenn Kevin dann gar nicht auftaucht, sind wir das Risiko ganz umsonst eingegangen", befürchtete Emma.
„Also gut. Wir könnten das Hotel aus der Ferne beobachten und sobald Kevin es verlässt folgen wir ihm."
„Und was ist wenn die Polizei die ganze Gegend beobachtet? Was wenn alle heimlich fotografiert werden?

Vielleicht bin ich da etwas überparanoid, aber was ist wenn es so ist?"

„Man kann bei solchen Plänen gar nicht paranoid genug sein. Der Staat überwacht einen bei so ziemlich jeder sich bietenden Gelegenheit. Die wollen alles wissen, um uns besser knechten zu können. Sie mischen sich in jede kleine Kleinigkeit unseres Lebens ein. Sie zerstören durch ihre Medien und ihre Umerziehung die Bindungen zwischen Familien und Freunden, um uns zu vereinzeln, damit wir dem Staat hilflos ausgeliefert sind und keine eigenen sozialen Netze mehr als Sicherheit haben. Viele Osteuropäer wissen es aus langjähriger Erfahrung: Der Staat ist kein Freund, sondern ein übermächtiger Feind der einem Böses will", diagnostizierte Luise.

„Und wie tricksen wir diesen totalitären Staat aus und erledigen einen seiner Vertreter?", fragte Emma.

„Das ist des Pudels Kern. Nur leider fällt mir dazu im Moment auch nichts ein", antwortete Luise.

Also begannen die beiden hübschen jungen Frauen zu überlegen.

*

Einige Tage später war es soweit. Das Turnier zu Ehren der beiden ermordeten Spieler fand statt und die Polizei war mit vielen Leuten vor Ort. Einer der Anwesenden war Oberkommissar Schubert, der so gar keine Lust auf das ganze Theater hatte. Eigentlich wollte er sich wieder krankmelden, aber sein „Doc Hollyday" war nun selbst tatsächlich krank geworden. Und da Schubert auf die

Schnelle keinen anderen Arzt fand der einem jede vorgetäuschte Erkältung abkaufte, war er gezwungenermaßen erstmal ein paar Tage zur Arbeit gegangen. Einen dieser Tage, ausgerechnet einen Samstag, musste er nun in diesem Hotel verbringen und ein Brettspielturnier bewachen. „Wenn die wenigstens Yu-Gi-Oh spielen würden", murmelte Schubert genervt vor sich hin.

Aber seine schlechte Laune änderte nichts daran, dass er sich durch den heutigen Diensttag durchbeißen musste. Er warf einen Blick auf seine Kollegen. Viele trugen Regenbogenarmbinden und manche das Antifaabzeichen. Ein paar trugen sogar Beides. *So viel zur politischen Neutralität*, dachte Schubert.

Und dann kam dieser Politikertyp herein. Kevin Irgendwas. Schubert hatte sich seinen Namen nicht gemerkt. Er hatte zwei neue Leibwächter, nachdem die Alten von den beiden getöteten Spielern selbst getötet worden waren. Man hatte Kevin nicht einmal groß zu dem Fall befragt. Einige von Schuberts Kollegen hoben den linken Arm und ein paar riefen sogar „Heil Multikulti" als Kevin an ihnen vorbeimarschierte.

Dann rempelte Kevin einen Typen an. Dieser hatte ihn nicht gesehen und Kevin hatte auch nicht aufgepasst. Seine Leibwächter reagierten nicht, aber sofort waren vier von Schuberts Kollegen da, schnappten sich den Angerempelten und schlugen ihn zusammen. „Das war eindeutig ein tätlicher Angriff auf einen Politiker! Dafür kriegst du Knast!", schrie einer der Beamten.

„Hilfe! Ich will einen Anwalt!", rief der Verprügelte.

„Kannst du haben, aber der wird dir auch nicht helfen können!", lautete die Antwort.

Schubert fasste sich ein Herz und schritt ein. „Nun machen Sie mal halblang. Da sind bloß zwei Leute zufällig gegen einander gestoßen. Sowas kann passieren. Lassen Sie den Mann los, Kollegen", forderte der Oberkommissar.

Die Beamten zögerten. Sie warteten ab was Kevin sagte. Da rief der Verprügelte an Schubert gewandt: „Ich identifiziere mich übrigens als Frau, aber danke!"

Sofort ließen die Polizisten ihn los. „Na gehen Sie schon", keifte einer der Beamten den jungen Mann an.

Dieser ging und dachte dabei: Gott sei Dank ist mir das mit dem 'gefühlten Geschlecht' eingefallen. Hätte ich nicht behauptet einer vom Staat hoffierten Minderheit anzugehören, hätte das übel ausgehen können. Es sah nämlich nicht so aus, als ob die Typen auf ihren Kollegen hören wollten. Ich jedenfalls wollte hier nur an einem Turnier teilnehmen und weil dieser Politikertyp hier ist machen die ein Riesentheater. Dabei haben dem seine Leibwächter die zwei Spieler ermordet, aber das interessiert ja keinen. Gut, einen Anwalt hätten die mir gegeben, aber als ob ich meine Grundrechte noch hätte, wenn diese mir irgendwas nützen würden. Recht hat wer Macht hat. So sieht's aus. Und mit meinen Rechten ist es wie mit einer schönen Frau hinter einer Panzerglasscheibe. Hübsch anzusehen, aber man kommt nicht ran. Ich für meinen Teil verdufte lieber."

Der Angerempelte machte sich daran das Hotel zu verlassen und fünf Minuten später ging das Turnier los.

*

Kevin hatte während dieses Turniers mehr Glück als beim letzten Mal. Er gewann einige Runden und stand recht bald im Finale. Nur noch drei Gegner trennten ihn vom Sieg. Alle die gegen ihn spielten hassten ihn. Jeder wusste, dass seine Leute die Morde begangen hatten und das ihm deswegen nichts passierte. Aber auch wenn sich alle Spieler auf ihren jeweiligen Spielfeldern gegen ihn verbündeten, gewann er trotzdem. Es war als hätte jemand schwarze Magie benutzt; andauernd würfelte Kevin das Richtige.

Bis zum Finale. Dort stand er wieder drei Gegnern gegenüber. Und wie schon damals zu Beginn des letzten Turniers spielte Kevin mit der Sowjetunion. „Stalins rote Armee wird Euch vernichten", sagte er seinen Gegnern voraus.

Doch seine Würfelglückssträne fand im Finale ein Ende. Zwar hielt er sich am Anfang nicht schlecht, aber er wurde dann doch recht bald in die Ecke gedrängt. Er überlegte: *Wie kann das sein? Wie kann ich gegen diese Nulpen verlieren? Wer sind die denn schon? Ich muss hier gewinnen. Ich hab's; ich spiele ein wenig auf Zeit und sobald Pause ist legen meine Leibwächter wieder zwei von meinen Gegnern um. Diesmal werde ich mit einem bestimmt fertig. Die Polizei frisst mir aus der Hand; es wird also kein Problem geben... Moment mal. Meine derzeitigen Leibwächter habe ich gerade neu bekommen und sie noch gar nicht in die wichtigsten Machenschaften eingeweiht; geschweige denn in meinem Sinne mit zusätzlichem Geld bestochen. Verdammt. Das ist ein Problem. Also muss ich in der Pause selbst Hand anlegen. Zum Glück habe ich ein Messer dabei. Ich töte einen oder besser gleich zwei meiner Gegner auf dem Klo, verstecke die Leiche im Lüftungsschacht und gut ist. Also dann; Zeit auf Zeit zu spielen.*

Kevin ließ sich viel Zeit beim würfeln und so war er noch nicht besiegt als der Spielleiter eine Pause verkündete. Tatsächlich musste einer seiner Gegner auf's Klo. Kevin folgte ihm und wies seine Leibwächter per Handzeichen an auf ihn zu warten. Im Klo angekommen packte sich Kevin seinen Gegenspieler und rammte sein Messer in dessen Eingeweide. „Ah!", schrie der Angestochene auf. Kevin unterdrückte seinen Schrei, indem er ihm den Mund zu hielt. Dann zog er sein Messer aus ihm heraus und stach noch einmal zu. „Stirb", befahl er seinem Opfer, welches er dann losließ, sodass es zu Boden sackte.

Doch der Typ lebte noch. Er versuchte um Hilfe zu rufen doch Kevin stach noch einmal auf ihn ein. „So. Erledigt. Und jetzt ab in den Lüftungsschacht", meinte er.

Da ging die Tür auf und Schubert sowie zwei seiner Kollegen sahen den Tatort. „Ich hab ihn so gefunden", log Kevin.

„Oh je. Der arme Kerl. Haben Sie versucht erste Hilfe zu leisten?", fragte einer der Beamten, während Kevin sogar noch das Messer in der Hand hatte.

„Ihr Ernst?! Er hält die Tatwaffe sogar noch in der Hand! Können Sie wirklich nicht glauben, dass er den Typen da gerade ermordet hat?", fragte Schubert genervt.

„Halt die Fresse du scheiß Nazi!", schrie Kevin und ging mit dem Messer auf Schubert los.

„Ganz ruhig! Der Oberkommissar hat es nicht so gemeint! Bitte legen Sie das Messer weg! Sie sind doch nicht der Täter, sondern ein wichtiger Zeuge!", rief einer der Beamten mit der Regenbogenarmbinde.

Schubert wich dem Messerstich von Kevin aus und diser

stürzte aus dem Klobereich in den Flur. Dort waren inzwischen weitere Beamten angekommen. „Aus dem Weg!", schrie Kevin und rammte einem der Polizisten sein Messer in den Hals.

Der Getroffene fasste sich an den Hals und ging zu Boden. Sekunden später war er tot. „Beruhigen Sie sich!", forderte einer der Beamten Kevin auf.

Schubert wollte seine Waffe ziehen und Kevin abknallen. Einer seiner Kollegen hielt ihn davon ab: „Nein! Sie dürfen ihn nicht erschießen! Er ist doch nur verwirrt! Und als hochrangiger Politiker ist er enorm wichtig. Und seine Familie hat so viel Geld, von dem sie auch so oft etwas an die Polizei spendet!"

„Er hat einen Beamten erstochen! Er hat einen Angehörigen der Schwulenbewegung auf dem Klo erdolcht! Was für Beweise brauchen Sie noch, um zu sehen wie gefährlich der Typ ist?!", rief Schubert.

„Wie? Der Tote auf dem Klo war aus der Schwulenbewegung?"

„Ja, ein ganz hohes Tier, wie man an seinem T-Shirt seinem angehefteten Abzeichen sehen kann", log Schubert.

Das motivierte die Beamten nun doch allesamt ihre Waffen zu ziehen und auf Kevin zu richten. „Was fällt Euch ein?! Ich bin immer noch ein hochrangiger Politiker! Ich stehe in der Täter-Opfer-Pyramide nach wie vor höher als dieser Niemand da auf dem Klo! Oder kennt einer von Euch den Kerl?!", schrie Kevin und fuchtelte wie wild mit dem Messer herum.

„Wir müssen ihn auf jeden Fall lebend kriegen!", rief einer der Beamten.

„Genau!"

„Ganz ruhig! Legen Sie das Messer weg! Ihre Familie hat doch viel Geld und Sie sind Mitglied einer Systempartei. Was sind da schon zwei Morde? Sie bekommen Bewährung, zahlen eine kleine Geldstrafe und gut ist", versuchte einer der Polizisten Kevin zu beruhigen.

„Halt die Fresse!", schrie Kevin, ging auf ihn los und schnitt ihm die Kehle durch.

„Das dürfen Sie nicht tun! Hören Sie auf damit! Wir Polizisten und Ihr Politiker; wir brauchen einander doch! Unser gemeinsamer Kampf gegen Rechts ist doch so wichtig!", flehte ein anderer Beamte.

Schubert versuchte wieder seine Waffe zu ziehen, aber nun waren es zwei seiner Kollegen die ihn davon abhielten, indem sie ihn packten. „Knallt Ihn doch ab!", schrie Schubert.

„Aber er bekennt sich doch ebenso zur Vielfalt wie wir!", antwortete einer der Kollegen.

Kevin schnappte sich ihn als nächstes. Dann stach er auf den nächsten ein, dann auf den übernächsten und immer so weiter. Nach etwa einer Minute lagen zehn Polizisten mit durchgeschnittener Kehle auf dem Teppichboden und färbten ihn blutrot. Die zahlreichen Gäste des Turniers hatten das alles natürlich mehr oder weniger mitbekommen und flüchteten haufenweise aus dem Hotel. Nur noch drei Polizisten standen Kevin gegenüber. Schubert und seine zwei Kollegen die ihn festhielten, anstatt auf den Killer loszugehen. Schubert drängelte sich und seine Kollegen in die Nähe eines Fensters. „Lasst mich ihn erschießen!", forderte er sie auf.

„Nein! Er ist ein wackerer Kämpfer gegen rechts! Was sind schon die paar toten Kollegen! Wir sagen einfach es waren die Nazis und lassen Kevin davonkommen! Seine

Familie gibt uns bestimmt ganz viel Geld dafür!", rief einer der beiden Festhalter.

„Genau! Kevin! Wir sind auf deiner Seite! Bunt statt braun!", meinte der andere.

Kevin grinste. Er rannte mit dem Messer auf Oberkommissar Schubert zu. Schubert schaffte es gerade noch sich von seinen Kollegen los zu reißen. Er wich Kevin in letzter Sekunde aus und dieser krachte durchs Fenster. „Aaaaaah!", schrie Kevin, während er hinabfiel. Er landete auf der Straße und brach sich ein paar Knochen. Der Fall aus dem zweiten Stock war jedoch nicht sonderlich tief. Kevin rappelte sich auf und suchte nach seinem Wagen. Er sah ihn und ging so schnell wie möglich darauf zu. Die gebrochenen Rippen waren übel, aber sein Arzt würde das schon richten. Kevin stieg in seinen Wagen und befahl: „Fahrer! Zu meinem Standardarzt!"

Der Wagen fuhr los.

*

Im Hotel waren nur noch drei Polizisten auf den Beinen. Schubert und die zwei Ultralinken. „Schämen Sie sich! Wegen Ihnen hat sich der arme Kevin verletzt! Wie konnten Sie ihn nur erschießen wollen?!", warf ihm einer vor.

„Na Sie müssen gerade reden mit Ihren Hitlerbildern auf Ihrem Rechner", sagte Schubert spontan dem einen Kerl ins Gesicht.

„Was?! Ich dachte du wärst ein aufrechter Antifaschist! Na warte!", schrie daraufhin der andere, zog seine Waffe und knallte seinen Kollegen ab.

Dieser wollte noch rufen: „Warte!", aber sein Genosse war schneller und hatte ihn ohne zu zögern oder gar kritische Fragen zu stellen umgelegt.

Genau das wollte ich damit erreichen, dachte Schubert und grinste.

„Immerhin Schubert. Wegen Ihrem Verhalten bei Kevin hatte ich meine Zweifel, aber dass Sie hier einen Nazi enttarnt haben; Hut ab", sagte der Beamte.

„War doch kein Problem. Er hat sich sogar ein Nazisymbol auf die Haut gezeichnet", behauptete Schubert.

Der Beamte beugte sich vor. „Echt? Wo denn?"

„Irgendwo auf dem Oberkörper."

Der Beamte kniete sich hin und begann seinen Kollegen auszuziehen. Schubert kniete sich daneben und behauptete: „In seiner Waffe ist auch etwas eingezeichnet."

Der Beamte suchte den Oberkörper ab und fragte: „Ach ja? Was denn?"

Schubert schoss ihm in den Kopf und meinte: „Eine Kugel mit deinem Namen drauf."

Dann legte er die Waffe dem Toten in die Hand und drückte noch einmal ab. Eine Kugel flog aus dem Fenster.

*

Später erstattete Schubert bei seinem Vorgesetzten Bericht und erklärte diesem das seine Leute tapfer gekämpft, aber gegen Kevin einfach keine Chance gehabt hatten. Ein

Verräter sei sogar auf Kevins Seite gewesen und hätte ihm geholfen, indem er einen Kollegen abknallte. Am Ende erwischte der Abgeknallte aber wohl den Abknaller.

„Kevin ist nun auf der Flucht", erklärte Schubert.

„Aber wie kann das sein? Kevin ist doch einer von uns! Er dient doch derselben Sache wie wir!", meinte der Vorgesetzte.

„Gute Frage. Vielleicht war der Druck ein hochrangiger Politiker und Kämpfer gegen Rechts zu sein zu viel für ihn? Vielleicht war er traumatisiert von den vielen Drohungen, die Politiker nun einmal erhalten? Vielleicht war er aber auch im Geheimen zu den Rechten übergelaufen?", sog sich Schubert bescheuerte Erklärungen aus den Fingern.

„Hm. Das Letztere müssten wir dann für uns behalten; selbst wenn es wahr wäre. Seine Familie hat sehr viel Geld und politische Macht. Wir müssen ihn also nach wie vor mit Samthandschuhen anfassen. Werden Sie die Jagd nach Kevin anführen?", fragte der Boss.

„Äh... also ich muss erstmal zum Psychologen. Habe eine Menge Kollegen sterben sehen und die haben mir alle viel bedeutet. Das kann sehr traumatisch sein", log Schubert und fügte in Gedanken hinzu: *Das die alle draufgegangen sind feiere ich heute Abend mit köstlichen Getränken.*

„Alles klar. Keine Sorge, wir finden Kevin und dann wird sich das alles aufklären", meinte der Vorgesetzte und gestattete Schubert zu gehen.

*

Die ersten paar Minuten seiner Flucht hatte Kevin glücklich in seinem Auto gesessen. Doch irgendwann fiel ihm auf, dass sein Fahrer gar nicht in Richtung des Arztes fuhr. Also öffnete er die Trennwand und fragte was das soll. Daraufhin bekam er eine Ladung Betäubungsspray ab.

Als Kevin wieder erwachte befand er sich nicht länger in seinem Auto. Er war in einer Lagerhalle an einen Stuhl gefesselt. Das Auto stand irgendwo weit weg, wo es erstmal nicht weiter auffiel. „Wo bin ich?! Was soll das?!", schrie Kevin.

Da traten Emma und Luise aus dem Schatten. Letzten Endes hatten sie sich doch noch einen Plan ausgedacht und einfach Kevins Fahrer betäubt und in dessen Wohnung gefesselt zurückgelassen, wo ihn am Abend seine Ehefrau finden dürfte. Dank ihrer Skimasken hatte sie der Fahrer nicht einmal als Frauen erkannt. Für Kevin hatten sie jedoch jegliche Verkleidungen abgenommen, während sie zuvor mit Perrücken und falschen Brillen durch die Stadt gefahren waren. „Emma, du?!", stellte Kevin schockiert fest.

„Überrascht mich zu sehen?", fragte Emma.

„Ja! Was soll das alles hier?!"

„Weißt du das wirklich nicht?"

„Nein!"

„Erinnerst du dich echt nicht mehr daran, was du getan hast? An die Verbrechen, bei denen du mitgemacht hast?"

„Da musst du schon etwas genauer werden?"

„Dein Ernst?! Was glaubst du wohl, warum du hier bist?! Wegen dem was du an der Uni getan hast!", schrie Emma.

„Der Dreifachmord? Was hast du denn damit zu tun?", fragte Kevin.

„Wie? Äh... nein", antwortete Emma.

„Als wir mit einigen Neulingen Szenen aus 'Scream' nachspielten, dabei echte Messer verwendeten und aus Versehen die neuen Studierenden abschlachteten?"

„Verdammt, nein!"

„Dann als wir versuchten mit Hilfe eines Rituals den Geist von Josef Stalin heraufzubeschwören und dafür eine Jungfrau opferten?"

„Ihr kranken Schweine", murmelte Emma.

„Die Inzestorgie mit den Tieren, bei denen ein Typ von einem Affen erwürgt wurde?"

„Igitt! Nein!", schrie Emma schockiert.

„Stimmt. Stimmt. Was hättest du damit auch zu schaffen haben sollen? Du warst ja bei all diesen Dingen nicht dabei...", überlegte Kevin.

„Weißt du es ernsthaft nicht?!", rief Emma aus.

„Ist es, weil wir den stellvertretenden Direktor umgebracht und seinem Sohn als Essen serviert haben?", fragte Kevin und schränkte dann ein: „Aber nein. Davon wusstest du ja auch nichts und hattest null damit zu schaffen..."

„Es ist wegen Eurer verdammten Vergewaltigungen!", schrie Emma ihm ins Gesicht.

„Ach das! Ernsthaft?! Wegen so einer Kleinigkeit entführst du mich? Ich bitte dich. In der linken Szene werden andauernd Frauen vergewaltigt. Na und? Das gehört eben dazu und wer sich darüber beschwert ist ein Nazi. Bist du etwa ein Nazi, Emma?", fragte Kevin dreist. Emma schlug ihm ins Gesicht. „Aua! Was soll das?! Ist dir nicht klar wie ich sowieso schon leide. Beim Sturz aus dem Fenster habe ich mir etwas gebrochen. Ich muss zum Arzt Emma! Also fahr nicht gefälligst hin!", beschwerte sich Kevin.

„Ist dir eigentlich klar in was für einer Situation du dich befindest?", fragte nun Luise, die bisher geschwiegen hatte.

„Äh... Ihr habt mich gefesselt. Na und? Was wollt Ihr denn eigentlich von mir?", fragte Kevin.

„Tja, ich war so frei jeden zu töten, der bei dieser Vergewaltigungsscheiße mitgemacht hat. Und du bist als Letzter dran", erklärte Emma.

„Was? Du hast all die Genossen von der Uni umgelegt? Nee! Das glaube ich dir nicht", meinte Kevin.

„Offenbar bist du schlecht informiert. Die wurden alle gekillt. Du hast das wahrscheinlich nicht mitbekommen, weil du dich nur für dich selbst interessierst", entgegnete Emma.

„Wie kannst du es wagen einem mutigen antifaschistischen Kämpfer wie mir Selbstsucht vorzuwerfen?! Schäm dich!", schrie Kevin.

„Du und deinesgleichen, Ihr seid keine Antifaschisten. Keiner von Euch hat jemand gegen echte Faschisten gekämpft. Der Peppone aus den italienischen Büchern und Filmen; der war nur eine Romanfigur, aber er war mehr Antifaschist als Ihr. Er hat tatsächlich gegen Faschisten gekämpft und war im Herzen ein guter Mensch. Er und Don Camillo waren ehrenhafte Männer, aber auch damals gab es bei den Roten schon die Tendenz jeden als 'Faschisten' zu beschimpfen, der anderer Meinung war. Nur damals wussten viele noch, dass das nur dummes Gerede und aus den Fingern gesogen war. Aber Ihr heute! Ihr nennt euch 'Antifaschisten' und demonstriert für eine Impfpflicht! Für Maskenpflicht! Für den Erhalt der GEZ! Für das Gendern! Dafür, dass wir zu Fremden im eigenen Land werden! Dafür das wir keine Redefreiheit mehr haben! Auch der Naturschutz ist euch egal; für euch zählt nur die Anweisung vom Politbüro. Die Wahrheit ist: Für alles was der Regierung nützt und den einfachen Bürgern schadet geht Ihr Heuchler auf die Straße und tut so als ob ihr gegen irgend etwas rebellieren würdet! Ihr seid Handlanger der Regierung und sonst nichts", stellte Luise fest.

„Na und?! Die Regierung ist doch auch antifaschistisch!", meinte Kevin.

„Mir wäre es lieber sie wäre antitotalitär", entgegnete Luise.

„Ist sie aber nicht! Sie ist gegen rechts und damit gegen alles was nicht meinem Weltbild entspricht! Und?! Was willst du dagegen machen?", fragte Kevin.

„Zunächst einmal überlasse ich dich Emma. Viel Spaß", sagte Luise und trat ein paar Schritte zurück.

„Äh... Emma... Was hast du jetzt vor?", fragte Kevin, der nun langsam den Ernst seiner Lage zu begreifen begann.

„Na ich werde dich foltern und töten", antwortete Emma.

„Nein! Tu das nicht! Denk doch mal daran, wie wir alle gemeinsam für Vielfalt und Toleranz demonstriert haben!"

„Das habe ich nicht vergessen. Auf der Demo hat mich zweimal ein Orientale begrapscht und du meintest das sei Teil seiner Kultur und ich solle tolerant sein und mich gefälligst nicht wie eine rechte Trulla aufführen", erinnerte sich Emma.

„Aber das war doch auch richtig so! Stell dir mal vor wir hätten das angezeigt. Das wäre doch Wasser auf den Mühlen der Rechten gewesen", meinte Kevin.

„Na und? Warum geht für dich Täterschutz vor Opferschutz?"

„Das ist doch nicht immer so. Wenn ein Autofahrer falsch

parkt, dann muss man ihn hart bestrafen. Besonders wenn er einen SUV fährt. Diese Umweltsünder haben Strafe verdient."

„Und Vergewaltiger wie du nicht, oder?"

„Nein! Ach komm schon Emma! Hab dich nicht so! Werde wieder eine von uns! Komm zu den Guten zurück!"

„Fick dich!", antwortete Emma.

„Mach mich los! Komm schon! Du wirst mich sowieso nicht foltern. Dafür bist du eh nicht der Typ", meinte Kevin.

„Was weißt du schon von mir?"

„Alles! Ich kenne dich Emma."

„Wirklich?"

„Natürlich. Wir haben doch so viel Zeit mit einander verbracht. Ich weiß so ziemlich alles über dich."

„So. Meinst du?"

„Aber klar."

„Ach ja? Dann hätte ich eine Frage an dich."

„Schieß los."

„Wie lautet mein Nachname?", fragte Emma.

Kevin überlegte. Er fiel ihm nicht ein. „Ist doch egal! Namen sind sowieso nur ein Korsett der rechtspopulistischen Gesellschaft."

„Wer beherrscht denn die heutige Gesellschaft? Leute wie du Kevin. Also müssen du und deinesgleichen Rechtspopulisten sein."

„Nein! Unsinn!"

„Ach, also willst du leugnen, dass Ihr den Staat und die Gesellschaft beherrscht?"

„Wir versuchen den Staat und die Gesellschaft vor den bösen Rechten zu retten! Wir sind Helden! Jetzt mach mich los!", forderte Kevin.

Emma holte eine Säge heraus. „Tja, Kevin. Wir haben lange gebraucht um an dich heran zu kommen. Also werde ich mir hierbei viel Zeit lassen", meinte Emma und richtete die Säge auf Kevin.

„Warte! Ich kann dir Geld geben! 50.000 Euro!"

„Nein."

„100.000 Euro!"

„Vergiss es."

„200.000 Euro!"

„Nein."

„300.000 Euro!"

„Nein."

„400.000 Euro!"

„Nein", antwortete Emma und ging einen Schritt auf Kevin zu.

„500.000 Euro!"

„Hör auf. Ich lasse mich nicht von dir kaufen. Wir sind hier nicht in einem deiner verkommenen Parlamente", sagte Emma und kniete sich neben Kevin.

„600.000 Euro! Ach was sage ich: 1.000.000 Euro! Bitte mach mich los, Emma!", schrie Kevin.

„Sag mal, Kevin? Du bist doch gegen alles was rechts ist oder?", fragte Emma.

„Ja, natürlich! Was ist? Willst du, dass ich etwas für den Kampf gegen Rechts spende?", fragte Kevin.

„Nein, aber ich kann dich von allem Rechten befreien."

„Ach echt? Wie soll das denn gehen?! Ich habe nichts von der rechten Ideologie in mir!"

„Du bist also der Meinung, dass alles was Rechts ist auch böse ist?", fragte Emma.

„Natürlich!"

„Gut. Dann brauchst du ja keine rechten Körperteile",

stellte Emma fest und begann damit ihm seinen rechten Fuß abzusägen.

*

Was nun folgte war ziemlich grausam. Kevin schrie und schrie. Emma sägte und sägte. Sie nahm ihm ein rechtes Körperteil nach dem anderen ab, versiegelte die Wunden mit Kabelbinder und Klebeband und hörte erst auf als sie Kevins Kopf erreichte. Kevin schrie vor Schmerzen und hatte seine Geldgebote inzwischen auf 10.000.000 Euro erhöht. Als Emma die Säge weglegte schöpfte Kevin Hoffnung. „Also nimmst du mein Angebot an?", fragte er und spuckte dabei etwas Blut.

Emma lächelte. Dann holte sie einen Metallhammer hervor und meinte: „Nein. Ich wechsele nur das Werkzeug."

Mit dem Hammer begann sie Kevins Schädel zu bearbeiten. Am Anfang brüllte Kevin noch ein paar Mal, doch dann war es plötzlich aus. Emma hörte jedoch erst auf als Kevins Birne Matsch war. Anschließend verteilten sie und Luise überall kräftig Benzin und zündeten den ganzen Tatort an. Dasselbe taten sie noch mit Kevins Wagen, nachdem sie ihre blutbefleckte Kleidung gegen frische ausgetauscht und in ihren Rucksäcken verstaut hatten.

Anschließend machten sie sich auf den Weg zu Luises Wohnung, wo sie die Klamotten und das Werkzeug in ein vorher in Luises Badewanne vorbereitetes Säurebad versenkten. „Vom Werkzeug wird zumindest das Metall übrig bleiben, aber daran werden keine Spuren mehr sein. Später muss ich die Wanne dann gründlich reinigen, damit keine Säurerückstände zurück bleiben", meinte Luise.

Emma nickte ihr zu und die beiden setzten sich auf's Sofa im Wohnzimmer und machten erstmal eine Weile Pause. Schließlich hatten sie einen anstrengenden Tag hinter sich.

*

Ein paar Stunden später ging Emma nach Hause und Luise ließ die Säure im Abfluss verschwinden. Es dauerte ein bisschen, aber schließlich konnte sie auch die letzten Rückstände der Säure verschwinden lassen.

Im Anschluss schlief Luise die Nacht durch. Am nächsten Tag telefonierte sie mit Emma und diese war glücklich und zufrieden. Die neue Katze ihrer Mitbewohnerin hatte sich inzwischen auch schon eingelebt und alles war bei ihr nun Friede, Freude, Eierkuchen.

Kapitel 5: Honor Bloods Rückkehr

Ein paar Tage später kam Luises beste Freundin Honor Blood endlich aus dem schönen Rumänien zurück. Ganz aufgeregt berichtete Honor ihr von ihrer Reise: „Ich habe viele schöne Dinge erlebt. Die Landschaften in Rumänien sind einfach traumhaft und Hermannstadt ist so wunderschön. Auf dem Rückweg kam ich mit dem Zug auch durch Ungarn duch; so ein tolles Land. Du musst wissen, ich bin auf der Rückfahrt ein paar sehr netten, herzensguten Ungarndeutschen begegnet. Sehr liebe Leute, aber diese Angehörigen deines Volkes haben eine Menge durchgemacht. Dazu muss man wissen, dass Ungarndeutsche nicht nur einfach Deutsche aus Ungarn sind. Damit sind auch Bevölkerungsgruppen außerhalb des heutigen Ungarn gemeint, da das Königreich Ungarn mit dem Schandvertrag von Trianon massiv auf Kosten der Ungarn verkleinert wurde, als große Gebiete Ungarns an die Nachbarstaaten fielen. Natürlich auch zum Schaden der Ungarndeutschen, denn besonders in den später dann kommunistisch regierten Ländern waren die Deutschen bei den roten Völkermördern unbeliebt. Aber auch in Ungarn wurden sie von den roten Terroristen scheiße behandelt und verfolgt. Seit den großen Vertreibungen ab 1945 leben Ungarndeutsche sehr häufig bei uns in Deutschland, aber auch in Österreich oder in Brasilien und den USA. Diese Vertreibung war wirklich furchtbar, zumal Deutsche und Ungarn eine tausendjährige gemeinsame Geschichte verbindet, wie mir die lieben Ungarndeutschen im Zug berichteten. Teilweise wusste ich das natürlich schon, aber ich hörte gerne zu, als sie mir erzählten, dass um das Jahr

1000 zum ersten Mal deutsche Ritter in Begleitung der Herzogin Gisela von Bayern kamen. Sie war übrigens die Königin von Ungarn und brachte die deutschen Ritter in das Karpatenbecken. Gisela war die Frau des ersten ungarischen Königs St. Stephan. Er gründete das Königreich Ungarn und wurde 1001 formell als König von Ungarn anerkannt, als Papst Silvester II. ihm damals den Titel 'Apostolische Majestät' verlieh. Er regierte bis zu seinem Tod 1038. Im Mittelalter siedelten sich Siebenbürger Sachsen im heutigen Rumänien an, und später deutschsprachige Siedler in der Zips. Beide Gruppen werden heute von den meisten Historikern eher nicht zu den Ungarndeutschen gezählt, ihre historischen Siedlungsgebiete liegen auch seit dem Ende des Ersten Weltkriegs außerhalb der Grenzen Ungarns. Aber letzten Endes sind sie alle Deutsche und gehören zu deinem ehrenhaften Volk, dessen Adoptivkind ich ja irgendwie auch bin. Gewiss habe auch ich irgendwo deutsche Vorfahren; wo sollten sonst meine blonden Haare herkommen?"

Honor lachte. „Und was haben sie sonst noch über die Geschichte der Ungarndeutschen berichtet?", fragte Luise. „Sie erklärten, dass die größte Einwanderungswelle ins ungarische Tiefland nach dem Ende der Türkenherrschaft infolge der Schlacht bei Mohács kam. Zwischen 1700 und 1750 kamen deutsche Siedler aus Süddeutschland, Österreich und Sachsen in die nach den Türkenkriegen zum Teil menschenleeren Gebiete Pannoniens, des Banat und der Batschka und trugen entscheidend zur wirtschaftlichen Erholung und kulturellen Eigenart dieser Regionen bei. Ende des 18. Jahrhunderts lebten im damaligen Vielvölkerstaat Ungarn mehr als eine Million

Deutsche, die vor allem in der Landwirtschaft tätig waren. Es gab aber auch eine blühende deutsche Kultur mit literarischen Werken, Zeitungen, Zeitschriften, und Kalendern in den Städten. Das Deutsche Theater in Budapest bestand von 1812 bis 1849. Vor dem Ersten Weltkrieg lebten etwa 1,5 Millionen Donauschwaben im Königreich Ungarn, deren Siedlungsgebiete 1919 zwischen den Staaten Ungarn, Jugoslawien und Rumänien aufgeteilt wurde. Natürlich zu Ungunsten Ungarns, wie auch Albert Wass in 'Gebt mir meine Berge zurück' berichtete."

„Ach, du hast das Buch gelesen?", fragte Luise neugierig.

„Nein, aber die Ungarndeutschen haben es mir empfohlen. Sie meinten, ein Verlag in Deutschland hätte es neu aufgelegt und würde vielleicht bald ein zweites Werk von Wass herausbringen. Werde es mir auf jeden Fall bald mal besorgen. Am liebsten wäre es mir natürlich es kostenlos zu kriegen, aber das wird sich wohl kaum einrichten lassen..."

„Und was haben sie dir noch so alles erzählt?"

„Sie berichteten mir von den Enteignungen, Vertreibungen und Ermordungen der Ungarndeutschen durch die roten Ratten. Natürlich hört man in den BRD-Medien über solche Dinge nie wirklich etwas. Da heißt es immer Hitler hier, Hitler da, Hitler in Antartika. Aber über all das was den Deutschen und all den übrigen Völkern Osteuropas unter dem roten Terror angetan wurde; darüber wird geschwiegen."

„Stattdessen benennt man Brettspiele nach so einem Stück Scheiße wie Stalin", stellte Luise fest.

„Ja, Stalin und die anderen Dreckssäcke die man heute als 'Befreier' bejubelt hatten kein Problem damit Millionen

Deutsche und zum Teil auch andere Völker aus Osteuropa umzuvolken."

„Völker die ihnen nicht passen volken sie um. Das kennen wir ja auch schon", entgegnete Luise genervt.

„Die Politiker von damals sind nicht besser als die Lumpen von heute. Damals, also genauer gesagt im Jahre 1941 ergab die Volkszählung im Gebiet von Trianon-Ungarn ungefähr 477.000 Personen deutscher Muttersprache. Knapp 300.000von ihnen hatten sich zur deutschen Nationalität bekannt. Rund 100.000 hatten für Deutschland und Ungarn gekämpft, viele davon waren damals gefallen oder in Kriegsgefangenschaft. Dem Volksbund, unter dem viele Deutsche damals organisiert waren, und seinen Organisationen hatten im Herbst 1942 im damals wieder etwas vergrößerten Ungarn in etwa 300.000 Angehörige der deutschen Minderheiten angehört. Etwa 60.000 bis 70.000 waren dann gegen Ende des Krieges bereits zusammen mit der Wehrmacht geflohen. Immerhin erklärte ein ungarischer Politiker zu Beginn der Vertreibung: 'Wir tun jetzt mit ihnen nichts anderes als vor einem Jahr mit unseren Juden.' Aber diese Mahnung wurde missachtet. Das Abkommen von Potsdam, auf welches sich die Sieger, die damals noch beste Freunde waren, geeinigt hatten, wurde knallhart durchgesetzt. Man war darauf aus Deutschland und die Deutschen zu vernichten. Erst als die USA bemerkten das Stalin doch nicht ihr bester Freund war, besannen sie sich darauf Deutschland doch als Puffer und Bollwerk gegen die Sowjetunion zu benutzen. Unter anderem mit Atomsprengkopfminen an der innerdeutschen Grenze. Für die Ungarndeutschen wurde es alles andere als schön. Am 1. Juni 1946 wurden beispielsweise die Transporte in die

Amerikanische Besatzungszone von den Amerikanern gestoppt, weil Ungarn das zurückgelassene Vermögen der Deutschen auf seine Reparationsverpflichtung anrechnen lassen wollte, was die Amerikaner nicht anerkannten. In dieser ersten Phase wurden bis zu 130.000 Ungarndeutsche nach Deutschland gezwungen. Nachdem die Sowjetunion sich bereit erklärt hatte, weitere Ungarndeutsche aufzunehmen, wurden von August 1947 bis Juni 1948 weitere 33 Transporte organisiert. Etwa 50.000 aus Südungarn kamen in die sowjetische Zone, überwiegend in die Auffanglager in Sachsen, in die Graue Kaserne in Pirna. Vom Regen in die Traufe könnte man sagen. Alles in allem hat Ungarn durch diesen Irrsinn etwa die Hälfte von seiner ungarndeutschen Einwohner ausgewiesen. Diejenigen die zurückblieben lebten fortan in einer roten Diktatur. Schlimmer als die in der wir uns heute befinden, aber wir kommen dem ja Schritt für Schritt immer ein kleines Stück näher.“

„So siehts leider aus liebe Honor.“

„Ja“, meinte Honor und nickte.

Dann fragte sie: „Und was hast du so gemacht während ich weg war?“

„Habe einen der Typen getötet wegen dem wir dem von dir Angeprangerten immer näher kommen“, antwortete Luise.

„Echt? Das musst du mir unbedingt erzählen“, forderte Honor neugierig.

„Aber klar“, meinte Luise und begann ihrer besten Freundin die erlebten Abenteuer zu berichten.

Ende

Liebe Leser,

als kleinen Bonus möchte ich Ihnen hier noch einen schönen Artikel präsentieren, den ich der „Krautzone", der „Deutschen Geschichte" und dem „Thymos Magazin" kostenlos zur Verfügung stellte.

Wohlgemerkt erhielt das Thymos-Magazin die lange Version, da es sich um ein Onlinemagazin handelt, während in bedruckten Heften wie der „Krautzone" und der „Deutschen Geschichte" ja nur begrenzt Platz ist. Diese lange Version des Artikels „Freispruch für Entenhausen" erhalten nun auch Sie ab der nächsten Seite zum lesen. Womöglich ist aber auch er etwas anders als auf der Thymos-Webseite, da die dortigen Lektoren vielleicht bei der baldigen Veröffentlichung noch die ein oder andere Änderung vornehmen.

Im Anschluss folgen diesmal keine Buchtipps, da ich nicht am Ende von jedem Werk dieselben Bücher empfehlen möchte. Das wäre irgendwie phantasielos.

Also viel Spaß mit dem Artikel und ich hoffe Ihnen hat auch die Geschichte in diesem Buch gefallen.

Mit freundlichen Grüßen
Christian Schwochert

Freispruch für Entenhausen

_von Christian Schwochert

Im patriotischen Lager ist die Welt von Entenhausen bei einigen Leuten alles andere als beliebt. Sowohl Björn Höcke als auch Ellen Kositza haben mehrfach Kritik daran geäußert. Aber woher kommt diese Abneigung?

-Ist es eine grundsätzliche Abneigung gegen Disney, weil der Konzern in den letzten Jahren so woke und links geworden ist? Etwas womit er im Übrigen klar von seinem Gründer Walt Disney abweicht, der entschiedener Antikommunist war.

-Liegt es daran, dass gerade in den frühen Lustigen Taschenbüchern übertrieben viel Gewalt gegen Enten vorkam?

-Oder liegt die Abneigung darin begründet, dass es in vielen Geschichten eben keine Eltern, sondern nur Neffen und Nichten gibt und man dahinter eine Verschwörung gegen die traditionelle Familie sowie eine Umerziehung der Kinder später keinen eigenen Nachwuchs zu bekommen wittert?

Auch das ist etwas was mir manchmal missfällt. Sollte Ersteres jedoch der Fall sein, so könnte man zumindest die früheren Geschichten rund um Entenhausen schätzen, die unter dem Antikommunisten Walt Disney entstanden. Trifft der mittlere Punkt zu, sei der Hinweis erlaubt das viele dieser Geschichten aus Italien kommen und man dort ein anderes Bild von Entenhausen hat; etwa das Dagobert und Dorette Geschwister wären, was natürlich Unsinn ist und auch von einem der beiden Autoren die hier behandelt werden, klar verneint wird.

Sollte jedoch der letzte Punkt zutreffen, kann man auch ganz einfach andere Geschichten zur Hand nehmen; etwa die von Carl Barks und Don Rosa. Zumal man ja auch das Werk eines Künstlers von dem Unternehmen trennen kann, der es veröffentlicht. Ein Beispiel: Als der Autor dieser Zeilen das Buch „Von Sedan nach Paris" beim EK2-Verlag veröffentlichte, war der Verleger jemand der lieber heute als morgen die „Vereinigten Staaten von Europa" gehabt hätte. Meine Wenigkeit ist da natürlich ganz anderer Ansicht, aber wir gingen respektvoll mit einander um und in dem Verlag kamen mehrere gute Soldatengeschichten heraus. Den EK2-Verlag gibt es nicht mehr und auch Disney ist derzeit eher auf dem absteigenden Ast, weil vielen die Wokeness sauer aufstößt. Von Wokeness oder linkem Zeitgeist ist bei Barks und Rosa jedoch keine Spur. Bei Barks kommen die Panzerknacker oftmals wie kommunistische Gauner rüber, die Dagoberts Vermögen zu ihren Gunsten umverteilen möchten. Umlegen möchten die Jungs von der dritten Panzerknackergeneration Dagobert jedoch nicht, wie sie in Barks „Die Schauergeschichte von Schloß Schauerstein" (1965) klar erklären, denn sie „brauchen die Kapitalisten". Wen sollten sie sonst ausrauben?

Man kann jedoch nicht von Carl Barks sprechen, ohne die deutsche Übersetzerin Dr. Erika Fuchs zu erwähnen. Nicht zuletzt dank ihr fanden zahlreiche Zitate von Goethe und Schiller ihren Weg in die deutsche Welt von Entenhausen. Frau Dr. Fuchs verdanken wir, dass viele Barks-Geschichten wirken als würden sie in unserem geliebten Deutschland spielen.

Schon von Hause aus dürfte ihr die deutsche Kultur sehr

am Herzen gelegen haben. Ihr Vater August Petri saß für die national-konservative DNVP im Stadtrat von Belgard an der Persante (Pommern). Die Gute hatte Kunstgeschichte mit den Nebenfächern Archäologie und Mittelalterliche Geschichte studiert, als Unis noch etwas waren was den Namen „Universitäten" verdiente.

Nicht zuletzt der Arbeit von Frau Dr. Fuchs verdanken wir die typischen Begriffe wie „Kreuzer" und „Taler", aber auch zahlreiche Straßennamen, die man nur am Rande mitbekommt. Entenhausen, dass eigentlich vom alten San Francisco inspiriert wurde, wirkt auch durch ihre Übersetzung in unsere Sprache oft eher beschaulich und gemütlich wie eine mitteleuropäische Stadt. Was natürlich auch an den Zeichnungen der beiden hier behandelten Autoren liegt. Liest man Barks und Rosa kann man sich in die gute alte Zeit zurückversetzen, als unsere Heimat noch keine „Bereicherung" empfangen hatte wie unsere Politiker sie mögen, sondern höchstens ECHTE Bereicherung durch Dagobert Duck, der aus Schottland nach Entenhausen einwanderte, dort seinen Geldspeicher baute und den Menschen Arbeitsplätze verschaffte. Sowohl bei der Bezahlung seiner Angestellten als auch bei sich selbst setzt Dagobert auf „Nur Bares ist Wahres". Irrsinnige Entwicklungen wie ein digitaler Euro wären ihm ein Graus. Ebenso wären mit ihm als Finanzminister mehr als 2. Billionen Euro Schulden undenkbar. Eine Abschaffung des Bargeldes? Nicht mit ihm! Da bleibt Dagobert sich treu, egal ob bei Barks oder Rosa.

Die Geschichten von Rosa bauen übrigens sehr detailgetreu auf denen von Barks auf und gerade dort werden sehr stark konservative Werte vertreten. In den meisten Geschichten geht es um den Wert der Familie, die

Verteidigung des Eigenen, die Liebe zur Heimat und zur eigenen Kultur. Die Dagobert Duck Biographie „Sein Leben, seine Milliarden" sowie die darin enthaltenen Zusatzkapitel und die Geschichte „Ein Brief von daheim" zeigen ziemlich sehr deutlich worum es Dagobert Duck wirklich geht. Im ersten Kapitel „Der Letzte aus dem Clan der Ducks" bekämpft der junge Dagobert die Feinde seiner Familie, welche die Gräber seiner Vorfahren schänden wollen. Im fünften Kapitel „Der Retter der Duckenburg" verteidigt er den Stammsitz seiner Ahnen gegen dieselben Verbrecher. Am Ende des elften Kapitels zerstreitet er sich mit seiner Familie, verträgt sich aber in Kapitel zwölf zumindest wieder mit seinem Neffen Donald und lernt Tick, Trick und Track kennen. Es wird auch oft deutlich wieso Dagobert seinen widerwilligen Neffen Donald und seine drei Großneffen mit auf Abenteuer schleppt; er möchte seine Familie um sich haben, die ihm sehr am Herzen liegt. Er erkennt in Rosas Werken mehr als deutlich, wie viel wichtiger ihm seine Familie als sein Geld ist. Diese besteht darin im Übrigen nicht nur aus Neffen und Nichten, sondern auch aus Dagoberts Eltern, seinen Schwestern, Donalds Eltern, Donalds Schwester und so weiter. Rosa hat einen ganzen Stammbaum der Ducks aufgebaut, der auch auf Erwähnungen von Barks basiert. Dort wird übrigens auch geklärt, dass Dagobert und Dorette keine Geschwister sind, sondern ihr Familienband durch die Ehe von Dagoberts Schwester Dortel mit Dorettes Sohn Degenhard besteht. Duck ist in dieser Welt ein ähnlich häufiger Nachname wie bei uns Müller.

Auch die Freundschaft zwischen Dagobert Duck und der Familie des Erfinders Daniel Düsentrieb wird in Rosas

Werken deutlich; schon Daniels Großvater Dankwart hat für Dagobert gearbeitet und die beiden waren gute Kumpels.

Damals begegnete Dagobert übrigens das erste Mal den Panzerknackern, allerdings nicht denen aus Rosas „Gegenwart" (so um das Jahr 1950) sondern dem Flusspiraten Kapitän Knack und seinen drei Söhnen. Diese planen tatsächlich Dagobert, seinen Onkel Diethelm und Dankwart umzulegen, was aber Gott sei Dank misslingt. Die dritte Generation Panzerknacker ist da eher nicht drauf aus, auch wenn Opa Knack in Rosas Geschichte „Sein goldenes Jubiläum" am Ende versucht ganz Entenhausen in die Luft zu jagen. Etwas was der Clan der Ducks mit vereinten Kräften verhindern kann und so seine Heimat vor der Vernichtung bewahrt. Hier zeigt sich deutlich der Zusammenhalt in der Familie; während Opa Knack ohne seine Enkel zu verduften versucht, halten die Ducks zusammen und retten ihre Stadt. Eine Stadt, die es ohne Dagobert so gar nicht gäbe, denn er hat sie maßgeblich geprägt und mehr als einmal um sie gekämpft. Bei Rosa sogar einmal gegen die Streitkräfte der USA in Kapitel 11 von „Sein Leben, seine Milliarden".

Historisch ist Rosas Werk ebenfalls interessant. Der 1867 geborene Dagobert nimmt am Goldrausch in Alaska teil, trifft u.a. den deutschfreundlichen US-Präsidenten und Bewunderer Friedrichs des Großen, Teddy Roosevelt, begegnet Zar Nikolaus II und einigen anderen bedeutenden Persönlichkeiten. Wyatt Earp dürfte auch in Deutschland etwas bekannt sein, während der Rinderbaron Murdo MacKenzie hierzulande eher unbekannt ist. Auf alle Fälle lohnt es sich zu lesen wie Dagobert seinem Clan Ehre macht, wie er durch harte und ehrliche Arbeit sein

Vermögen aufbaut und wie er sich in „Ein Brief von daheim" immerhin wieder mit einer seiner Schwestern herzlich versöhnt. Der Sammelband scheint inzwischen jedoch recht teuer geworden zu sein, weswegen man besser auf eine günstigere Ausgabe wartet. Rosas Geschichten kommen bei vielen jedoch so gut an, dass sie immer wieder neu aufgelegt werden. Aber auch die Werke von Carl Barks sind nicht zu verachten. In „Die Riesenroboter" klauen die Panzerknacker beispielsweise vier na ja Riesenroboter eben und rauben damit Dagobert aus. Dagobert ruft um Hilfe, aber der Bürgermeister weist die Polizei an nicht einzugreifen, weil die Roboter so teuer für die Stadt waren. Der Bürgermeister, der in Entenhausen gewiss nur rein zufällig fast immer ein vermenschlichtes Schwein ist, fleht die Panzerknacker sogar an, sie könnten ruhig Herrn Duck ausrauben, dürften dabei aber die teuren Maschinen nicht beschädigen. Durch einen Trick schafft es Dagobert jedoch mit Hilfe seiner Neffen einen der Roboter zu erobern und damit bekämpft er dann die anderen drei Maschinen. Der Bürgermeister bettelt erneut die Panzerknacker um Schonung an, woraufhin es einem der Gauner reicht, er mit der Riesenroboterhand den Bürgermeister nimmt und in einer Schlammpfütze abwirft. Daraufhin reicht es dem Bürgermeister, er schreit etwas von Missachtung der Obrigkeit und befiehlt der Armee die Roboter zu beschießen. Am Ende zwingt der Politiker Dagobert sogar dazu, dass er die zerstörten Roboter bezahlen muss, weil er der Reichste in der Stadt ist.

Die Handlungsweise des Bürgermeisters hat natürlich so rein gar nichts mit unserer Realität zu tun!

Aber wundert es einen da, wenn Dagobert in der Rosa-

Geschichte „Kampf um Duckland" mit einem Trick seinen eigenen Staat mit sich selbst als König ausruft? Er stellt sogar fest, dass sein Land nie zu Entenhausen gehörte und man ihm deswegen eine hohe Steuerrückzahlung plus Zinsen schuldet. Daraufhin entsteht eine Art kalter Krieg mit Entenhausen, an dessen Ende sich Dagobert jedoch entschließt auf die ganze Sache zu verzichten, da die Steuerrückzahlung Entenhausen zwingen würde jeden Taler Verdienst eines Bürgers mit 99 Kreuzern zu besteuern. Das wäre das Ende der Stadt; einer Stadt, die Dagobert maßgeblich mit aufgebaut hat. Da er das einerseits nicht möchte und andererseits weiterhin als geldgieriger Geizhals gelten will, verbrennt er das Dokument welches seine Rechtsansprüche belegt und tut so als ob es ein Unfall gewesen wäre. Auf diese Weise hält man ihn weiterhin für einen dem Geld das Wichtigste ist; was dazu führt, dass viele ihn nicht mögen, aber gleichzeitig zur Folge hat das er nicht dauernd um Kohle angebettelt wird.

*

Es zeigt sich besonders in den Geschichten von Don Rosa, dass Dagobert Duck wesentlich vielschichtiger ist als viele meinen.
Vielleicht täten Herr Höcke und Frau Kositza gut daran einmal den „Sein Leben, seine Milliarden"-Band zur Hand zu nehmen; freilich nach einer Neuauflage, wenn sie nur um die 30,00 Euro kostet, denn was das Buch derzeit auf amazon oder ebay kostet ist einfach nur übertrieben.

Natürlich wird in dem Sammelband nicht jedes von Dagoberts Abenteuern mit seinen Neffen gezeigt. „Die Jagd nach der Goldmühle" etwa ist nicht dabei, aber sie würde auch nicht in eine Biographie passen. Allerdings markiert sie einen Wendepunkt; zwar nicht in Dagoberts Leben, dafür aber im Leben vieler Micky-Maus-Hefte-Leser. Sie erschien nämlich zur Jahrtausendwende und die Hefte begannen von der Herstellung her eine bessere Qualität anzunehmen. Das Material wurde stabiler. Dagobert und seine Neffen unternahmen in dieser Geschichte eine Reise in die nordische Mythologie, sie suchten einen mythischen Schatz aus der finnischen Heldendichtung „Kalevala". In der Geschichte zeigt sich zumindest am Anfang ein wenig die schwierige Beziehung zwischen Dagobert und seinem Neffen Donald. Aber wer bedenkt, dass Donald enorme Schulden bei Dagobert hat und dieser besagte Schulden nie wirklich einfordert sondern Donald auch noch für Gehalt bei sich arbeiten lässt, der merkt das er oft nur so streng zu ihm ist weil er möchte das Donald fit wird falls er mal Dagoberts Vermögen erbt. Schaut man sich den Stammbaum der Ducks an, wird klar das Donald Dagoberts direkter Erbe in der nächsten Generation der Ducks ist. Dagobert stellte einmal fest, dass seine Großneffen Tick, Trick und Track sehr viel mit ihm gemeinsam haben; sie arbeiten fleißig, sind abenteuerlustig und haben einen guten Geschäftssinn. Er ist sehr stolz auf sie, aber er weiß nicht das seine Großneffen die Tugenden Fleiß und Abenteuerlust ausgerechnet Donald verdanken. In „Reif für's Fähnlein Fieselschweif" ist es nämlich Donald, der seine Neffen dazu bewegt der Pfadfindertruppe beizutreten, wodurch sie sich bei der Suche nach den Überresten von Fort

Entenhausen beweisen können. Donald weckt in ihnen den Abenteuergeist, der schon in ihren Vorfahren vorhanden war. Logisch, immerhin stammen die Kinder von schottischen Rittern mütterlicherseits und wackeren Pionieren väterlicherseits ab. Das dieses Potential ausgeschöpft wird, verdanken sie ihrem Onkel Donald. In „Kein Tag wie jeder andere" wird gezeigt wie übel Entenhausen ohne Donald dran wäre. Daniel Düsentrieb wäre kein Erfinder mehr, Oma Duck hätte ihren Hof verloren, die Panzerknacker wären korrupte Polizisten geworden und Entenhausen würde aussehen wie die schlechten Teile von Neukölln. Der arme Onkel Dagobert wäre pleite und die Kinder würden bei ihrem Onkel Gustav wohnen. Sie wären wegen seines Glücks zwar gut versorgt, aber eben zu gut; man könnte sie von den zahlreichen Fernsehern nur noch wegrollen. Dank Donald treten sie der Pfadfinder-Organisation bei, die ihr Ururgroßvater Emelrich Erpel einst gegründet hat. Von dessen Sohn Emanuel Erpel hat Dagobert übrigens den Hügel gekauft, auf dem er den Geldspeicher baute. Erpel war ein guter Freund von Dagobert am Klondike. Auch hier zeigt sich die Bedeutung von Freundschaft und Familie.

Gut, die Erziehungsmethoden der Ducks mögen manchmal etwas fragwürdig sein; etwa wenn Dagobert Donald in den Bürzel tritt oder Donald seine Neffen mit der Bürste jagt, weil er mal wieder ausrastet, wobei ihm die Neffen zurufen: „Er rastet wieder aus" und „Du kriegst uns nie, du lahme Ente". In den 1950er Jahren war es jedoch nicht so ungewöhnlich, dass es auch mal Haue gab. Außerdem: bevor die drei Neffen dem Fähnlein beitraten, sind sie Donald mit durchs Dach fliegenden

Bowlingkugeln und mit faulem Obst bestückten Fallen ganz schön auf die Nerven gegangen.

Im patriotischen Lager wird manchmal kritisiert, Donald sei ein arbeitsloser Single, der keine eigene Familie gründen und sich quasi vom Staat aushalten lassen würde. In den Geschichten von Barks und noch deutlicher in den Geschichten von Rosa ist das jedoch mitnichten so. Donald arbeitet hart, hat daran aber oft eher wenig Freude. Auch kümmert er sich wunderbar um die Kinder seiner verschollenen Schwester. Mit Daisy hat er bei Rosa ganz eindeutig eine Beziehung, in der er sich auch viel Mühe gibt. Er ist Teil einer Großfamilie, die in ganz Entenhausen lebt und diese Stadt beschützt; den Bauernhof von Oma Duck natürlich mitgerechnet. Auf diesem Hof hat Donald besonders als Kind sehr viel Zeit bei seinen Großeltern väterlicherseits, Dorette und Hilmar, verbracht. Die gute Oma Duck wird auch regelmäßig von ihren Enkeln und Urenkeln besucht.

Nicht zu vergessen Donalds liebe Tante Mathilda (Eine Schwester von Dagobert), die sich in Schottland um den Stammsitz der Familie kümmert und zu der Donald den Kontakt hält. Wenn Not am Mann, ist hilft die Familie einander. Diese Hilfsbereitschaft gilt natürlich auch für Freunde und sogar für Angestellte. Gewiss nicht ohne Grund arbeitet Rita Rührig seit fünf Jahrzehnten für Dagobert als Sekretärin. Allerdings war es nicht Dagobert der sie eingestellt hat, sondern seine Schwestern, weil sie damals um die Jahrhundertwende im neu gebauten Geldspeicher den ganzen Verwaltungskram nicht alleine erledigen wollten. Dagobert hat sie jedoch behalten und nach seiner Rückkehr aus dem Ruhestand gleich wieder eingestellt. Aber auch die Enten sind nicht ohne Fehler. In

„Reise zum Mittelpunkt der Erde" müssen sie die Welt vor dem Untergang retten, nachdem Dagobert sich so über die Presse aufgeregt hatte, die ihm nicht glauben wollten das Herr Düsentrieb das Blankweg erfunden hat, dass er es zum Beweis ausschüttete. Dabei handelte es sich um eine Flüssigkeit die im Bergbau eingesetzt werden sollte und alles auflöst außer Diamanten. Für diese Erfindung war Dagobert sogar so großzügig Daniel Düsentrieb Diamanten zur Verfügung zu stellen, mit denen er dann ein Gefäß für das flüssige Blankweg und einen Regenschirm herstellte, mit dem die Flüssigkeit bestrichen worden war. Im Grunde also gleich zwei gefährliche Waffen, was aber erst klar wurde als die Flüssigkeit verschüttet war. Das Blankweg könnte den flüssigen äußeren Erdkern auflösen und das Ende der Welt herbeiführen. Also machen sich die Ducks auf den Weg, um die Flüssigkeit wieder einzusammeln; der Regenschirm und das Diamantengefäß sind dabei sehr hilfreich.

Am Ende schaffen sie es die Welt zu retten und Daniel Düsentrieb übergibt Dagobert die einzigen Aufzeichnungen für die Herstellung dieser gefährlichen Flüssigkeit. Dagobert meint „Ich weiß einen sicheren Ort" und versenkt die Dokumente in dem mit Blankweg gefüllten Diamantengefäß. Auch in dieser Geschichte wird deutlich wie gut die Familie als Team zusammen arbeitet, um gemeinsam die Heimat zu retten. Ein wirklich machtgieriger Kapitalist hätte die Waffe wohl eher an die Armee verkauft. Dagobert hingegen zieht die Konsequenzen aus praktischen, negativen Erfahrungen, bei denen er eine Gefahr für die Menschheit erkennt. So auch in „Abenteuer auf Java" (enthalten im SLSM-Sammelband), wo er sich entschließt seinen Freund

Dankwart Düsentrieb lieber nicht nach Vulkanenergie als Antriebskraft forschen zu lassen, nachdem er miterlebte wie die Insel Krakatau 1883 bei einem gigantischen Vulkanausbruch in die Luft flog. Angesichts der Blankweg-Geschichte sollte hier vielleicht erwähnt werden, dass Dagobert und Dankwart dafür nicht verantwortlich waren! Aber für die Rettung des Segelschiffs „Cutty Sark" waren sie verantwortlich. Dank ihres schnellen Agierens an Bord konnte das Schiff vor einer Vernichtung durch die Folgen des Ausbruchs verhindert werden. Dagobert hatte den Ausbruch aus der Ferne gesehen und überlegte, dass er Dankwart lieber nicht in dieser Richtung weiterforschen lassen würde, weil die Welt auf so etwas wie das von ihm erlebte nämlich gut verzichten könnte. Dabei sah der Ausbruch der Insel bei Rosa schon wie die Explosion einer Atomwaffe aus. Hier gilt, ähnlich wie beim Blankweg; Dagobert hätte Dankwart weiterforschen lassen und Superwaffen bauen können. Mit diesen wäre er reich geworden, aber das wollte er ebenso wenig wie einen heiligen Opal in Australien stehlen, nur um Kohle zu machen.

Manche Leute verbinden mit ihm den Prototyp eines knallharten Anglo-Kapitalisten. Doch im Grunde ist er das genaue Gegenteil. Vor allem bei Rosa, aber auch oft bei Barks ist er ein fleißiger Geschäftsmann, der sein Geld mit echten Unternehmen, harter, ehrlicher Arbeit (bis auf einen Ausrutscher in Kapitel elf, für den er aber teuer bezahlen musste!) und auf ehrliche Art und Weise gemacht hat. Im Grunde ist er also ein Gründerzeit-Industrieller und gleichzeitig Patriarch einer ihn liebenden Großfamilie. Eindeutig ist er kein Managertyp, der über ein anonymes Heer von Angestellten herrscht, die er einstellt und entlässt, wie es gerade für seine Geschäftszahlen passen würde, sondern ein selbstständiger Unternehmenseigentümer alter Schule. Das sieht man an seinem Festhalten an Fräulein Rührig, aber es wird auch in der bereits erwähnten Geschichte „Kampf um Duckland" deutlich, wo er extra für seine Angestellten einen alten Baumstumpf fällen geht, der sich am Rande des Geldspeichers befindet. Die jungen Leute beklagten sich nämlich darüber, dass es im Büro zu kalt und der Ofen zu alt sei. Also ging Dagobert selbst los und besorgte zusätzliches Feuerholz. Am Ende der Geschichte bekamen die Angestellten sogar drei neue Öfen. Natürlich darf man als Mitarbeiter heutzutage erwarten das ein Büro ordentlich geheizt wird, aber wie war das 1950? Dagobert tat ihnen den Gefallen, obwohl er darüber schimpfte wie verweichlicht die Angestellten wären. Dazu muss man wissen, dass er denselben Ofen bereits in einem anderen Büro verwendete und auch dort selbst Feuerholz organisierte; in seinem ersten Büro, welches sich im hohen Norden bei Klondike befand, wo wesentlich kältere Temperaturen herrschen als an der Westküste von „Calisota". Dagobert liegen seine Leute also wirklich am Herzen, auch wenn er manchmal viel zu meckern hat. Und was tut er mit seinem vielen Geld? Nun, er hat Unternehmen aufgebaut die weltweit Millionen Arbeitsplätze möglich gemacht haben. Und statt so sinnlose Dinge zu tun wie virtuelles Geld im Finanzkasino zu setzen (oder noch Schlimmeres!), erfreut er sich an seinem Bargeld und der Erinnerung daran wie er es verdient hat. Auch deswegen ist er damit extrem sparsam und setzt es eben auch ein, um die Freiheit zu haben Abenteuer mit seiner geliebten Familie zu erleben, anstatt mit linksgrünen NGOs die Welt Gehirn zu waschen. Also entspricht er bei Barks und vor allem bei Rosa sehr deutlich dem patriotischen Idealtyp eines verantwortungsbewussten Unternehmers. Und seine Familie sowie deren Zusammenhalt und Heimatliebe sollten auch für uns von Vorbild sein.

Quellen: https://www.amazon.de/Onkel-Dagobert-Leben-Milliarden-Biografie/dp/3770432452

http://www.don-mcduck.de/

https://www.duckipedia.de/Datei:Duck-Stammbaum.JPG

Zeitfracht Medien GmbH
Ferdinand-Jühlke-Straße 7
99095 Erfurt, Deutschland
produktsicherheit@kolibri360.de